SEPT JOURS POUR UNE ÉTERNITÉ...

Marc Levy

SEPT JOURS POUR UNE ÉTERNITÉ...

roman

ROBERT LAFFONT

De cette édition, il a été tiré
vingt exemplaires
numérotés de 1 à 20.

© Éditions Robert Laffont, S.A., Susanna Lea Associates, Paris, 2003
ISBN 2-221-09767-X

Le hasard, c'est la forme que prend Dieu pour passer incognito.

Jean COCTEAU

À Manine,
À Louis.

Au commencement Dieu créa le ciel et la terre. Il y eut un soir, il y eut un matin :

Premier Jour

Allongé sur son lit, Lucas regarda la petite diode de son beeper qui clignotait frénétiquement. Il referma son livre et le posa juste à côté de lui, ravi. C'était la troisième fois en quarante-huit heures qu'il relisait cette histoire et de mémoire d'enfer aucune lecture ne l'avait autant régalé.

Il caressa la couverture du bout du doigt. Ce dénommé Hilton était en passe de devenir son auteur culte. Il reprit l'ouvrage en main, bien heureux qu'un client l'ait oublié dans le tiroir de la table de nuit de cette chambre d'hôtel et le lança d'un geste assuré dans la valise ouverte à l'autre bout de la pièce. Il regarda la pendulette, s'étira et quitta le lit. « Allez, lève-toi et marche », dit-il, enjoué. Face au miroir de l'armoire, il resserra le nœud de sa cravate, ajusta la veste de son costume noir, reprit ses lunettes de soleil sur le petit guéridon près de la télévision et les rangea dans la poche haute de son complet. Le beeper attaché au passant de la ceinture de son pantalon ne cessait de vibrer. Il repoussa du pied la porte de l'unique placard et se dirigea vers la fenêtre. Il écarta le voile grisâtre et immobile pour étudier la cour intérieure, aucune brise ne viendrait chasser la pollution qui envahissait le bas de Manhattan et s'étendait jusqu'aux limites de TriBeCa*. La journée serait caniculaire, Lucas adorait le soleil, et qui mieux que lui savait combien il était nocif ? Sur les terres de sécheresse, n'autorisait-il pas la prolifération de toutes sortes de germes et de bactéries, n'était-il pas plus intraitable que la grande faucheuse pour trier les faibles des forts ? « Et la lumière fut ! » fredonna-t-il en décrochant le téléphone. Il demanda à la réception que l'on prépare sa note, son voyage à New York venait d'être écourté, puis il quitta la chambre.

Au bout du couloir, il déconnecta l'alarme de la porte qui s'ouvrait sur l'escalier de secours.

Arrivé dans la courette, il récupéra le livre avant de se délester de sa valise dans un grand container à ordures et s'engagea d'un pas léger dans la ruelle.

Dans la petite rue de SoHo aux pavés disjoints, Lucas guettait d'un œil gourmand un balconnet en fer forgé, qui ne résistait plus à la tentation de s'effondrer que par la grâce de deux rivets rouillés. La locataire du troisième étage, jeune mannequin aux seins trop bien sculptés, au ventre insolent et aux lèvres pulpeuses, était venue s'installer dans sa chaise longue, ne se doutant de rien et c'était parfait ainsi. Dans quelques minutes (si sa vue ne le trompait pas, et elle ne le trompait jamais), les rivets céderaient.

---

* Quartier au sud de Manhattan.

La ravissante se retrouverait alors trois étages en contrebas, le corps disloqué. Le sang qui s'écoulerait de son oreille entre les interstices des pavés soulignerait la terreur peinte sur son visage. Son joli minois resterait ainsi figé jusqu'à ce qu'il se décompose dans une boîte en sapin où la famille de la demoiselle l'aurait enfermé avant de larguer le tout sous une dalle de marbre et quelques litres de larmes inutiles. Un rien du tout, qui ferait au plus quatre lignes mal rédigées dans le journal du quartier et coûterait un procès au gérant de l'immeuble. Un responsable technique de la mairie perdrait son emploi (il faut toujours un coupable), un de ses supérieurs enterrerait l'affaire, en concluant que l'accident aurait tourné au drame si des passants s'étaient trouvés sous le balconnet. Comme quoi il y avait un Dieu sur cette terre, et finalement c'était bien là le vrai problème de Lucas.

La journée aurait pu parfaitement bien commencer si, à l'intérieur de cet appartement coquet, un téléphone n'avait sonné et si l'idiote qui l'occupait n'avait laissé son portable dans sa salle de bains. La stupide tête de linotte se leva pour aller le chercher : décidément, il y avait plus de mémoire dans un Mac que dans la cervelle d'un mannequin, se dit Lucas, déçu.

Lucas serra les dents et ses mâchoires grincèrent, comme celles du camion d'ordures qui descendait vers lui, faisant trembler la rue sur son passage. Dans un claquement sec et franc, l'assemblage métallique s'arracha de la façade et dégringola. À l'étage inférieur, une fenêtre explosa, pulvérisée par un morceau de la rambarde. Un gigantesque mikado de poutrelles de fer rouillées, habitations troglodytes de colonies de bacilles du tétanos, s'abattait sur le pavé. L'œil de Lucas s'éclaira à nouveau, un longeron de métal aiguisé filait vers le sol à une vitesse vertigineuse. Si ses calculs immédiats se révélaient justes, et ils l'étaient toujours, rien n'était perdu. Il s'engagea noncha-lamment sur la chaussée, forçant le conducteur de la benne à ralentir. La poutrelle traversa la cabine de la benne à ordures et vint se ficher dans le thorax du chauffeur, le camion fit une terrible embardée. Les deux éboueurs, juchés sur leur plate-forme arrière, n'eurent pas le temps de crier : l'un fut happé par la gueule béante de la benne et aussitôt broyé par les mandibules qui officiaient, impertur-bables, l'autre fut projeté au-devant et glissa, inerte, sur le macadam. L'essieu avant passa sur sa jambe.

Dans sa course, le Dodge percuta un réverbère qu'il expédia en l'air. Les fils électriques désormais dénudés eurent la bonne idée de frétiller jusqu'au caniveau gorgé d'eau sale. Une gerbe d'étincelles annonça le formidable court-circuit qui affecta tout le pâté de maisons. Dans le quartier, les feux de croisement se mirent en berne, aussi noirs que le complet de Lucas. Au loin, on pouvait déjà entendre les fracas des premières collisions aux carrefours abandonnés à eux-mêmes. À l'intersection de Crosby Street et de Spring, le choc de la benne folle et d'un taxi jaune fut inévitable. Heurté par le travers, le Yellow Cab vint s'encastrer dans la devanture de la boutique du musée d'Art moderne. « Une compression de plus pour leur vitrine », murmura Lucas. L'essieu avant du camion escalada une voiture en stationnement, les optiques désormais aveugles pointaient vers le ciel. La lourde benne se tordit dans un bruit de tôles déchirées, avant de se coucher sur le flanc. Les tonnes de détritus qu'elle contenait dégueulèrent de ses entrailles et la chaussée se couvrit d'un tapis d'immondices. Au vacarme du drame consommé succéda un silence de mort. Le soleil continuait tranquillement sa course vers le zénith, la chaleur de ses rayons aurait vite fait de rendre l'atmosphère du quartier pestilentielle.

Lucas ajusta le col de sa chemise, il avait une sainte horreur que les pans dépassent de son veston. Il contempla l'étendue du désastre tout autour de lui. Il était à peine neuf heures à sa montre, et, finalement, c'était une très belle journée qui commençait.

La tête du chauffeur de taxi reposait sur le volant, actionnant le klaxon qui résonnait à l'unisson de la corne des remorqueurs dans le port de New York, un endroit si joli quand il faisait beau comme en ce dimanche de fin d'automne. Lucas s'y rendait. De là, un hélicoptère le déposerait à l'aéroport de LaGuardia, son avion décollait dans soixante-six minutes.

*

Le quai 80 du port marchand de San Francisco était désert, Zofia raccrocha lentement le combiné du téléphone et sortit de la cabine. Les yeux plissés par la lumière, elle contempla la jetée opposée. Un essaim d'hommes s'y affairait autour de gigantesques containers. De leur nacelle, les grutiers haut perchés dans le ciel dirigeaient un ballet subtil de flèches qui se croisaient à la verticale d'un immense cargo en partance pour la Chine. Zofia soupira, même douée de la meilleure volonté du monde, elle ne pouvait pas tout faire seule. Elle avait bien des dons, mais pas celui d'ubiquité.

La brume recouvrait déjà le tablier du Golden Gate dont seuls les sommets des piles dépassaient de l'épais nuage qui envahissait progressivement la baie. Dans quelques instants l'activité portuaire devrait cesser, faute de visibilité. Zofia, ravissante dans sa tenue d'officier en charge de la sécurité, n'avait que peu de temps pour convaincre les contremaîtres syndiqués d'interrompre leurs dockers payés à la tâche. Si seulement elle savait se mettre en colère !... La vie d'un homme devrait pourtant peser plus lourd que quelques caisses chargées à la hâte ; mais les hommes ne changeraient pas si rapidement, sinon elle n'aurait pas besoin d'être là.

Zofia aimait l'atmosphère qui régnait sur les docks. Elle avait toujours beaucoup à faire ici. Toute la misère du monde se donnait rendez-vous à l'ombre des anciens entrepôts. Les sans-abri y élisaient domicile, à peine protégés des pluies d'automne, des vents glacés que le Pacifique charriait sur la ville l'hiver venu, et des patrouilles de police qui n'aimaient guère s'aventurer dans cet univers hostile, quelle que soit la saison.

– Manca, arrêtez-les !

L'homme à la carrure épaisse fit mine de ne pas

l'avoir entendue. Sur le grand bloc-notes qu'il calait contre son ventre, il recopiait le numéro d'immatriculation d'un container qui s'élevait dans le ciel.

– Manca ! Ne m'obligez pas à dresser un procès-verbal, prenez votre radio et faites cesser le travail, maintenant ! reprit Zofia. La visibilité est inférieure à huit mètres et vous savez bien qu'en dessous de dix vous auriez déjà dû siffler l'arrêt.

Le contremaître Manca parapha la page et la tendit au jeune pointeur qui l'assistait. D'un mouvement de la main il lui fit signe de s'éloigner.

– Ne restez pas là-dessous, vous êtes dans une zone d'aplomb : quand ça se décroche, ça ne pardonne pas !

– Oui, mais ça ne se décroche jamais. Manca, vous m'avez entendue ? insista Zofia.

– Je n'ai pas une visée laser dans l'œil que je sache ! bougonna l'homme en se grattant l'oreille.

– Mais votre mauvaise foi est plus précise que n'importe quel télémètre ! N'essayez pas de gagner du temps, fermez-moi ce port tout de suite avant qu'il ne soit trop tard.

– Cela fait quatre mois que vous travaillez ici et jamais la productivité n'a autant baissé. C'est vous qui allez nourrir les familles de mes camarades à la fin de la semaine ?

Un tracteur s'approchait de la zone de déchargement. Le chauffeur ne voyait plus grand-chose, et ses fourches frontales évitèrent de justesse la collision avec une remorque à plateau.

– Allez poussez-vous de là, ma petite, vous voyez bien que vous gênez !

– Ce n'est pas moi qui gêne, c'est le brouillard. Vous n'avez qu'à payer vos dockers autrement. Je suis certaine que leurs enfants seront plus heureux de voir leur père ce soir que de toucher la prime d'assurance décès du syndicat. Dépêchez-vous, Manca, dans deux minutes je vous dresse une assignation personnelle au tribunal et j'irai plaider moi-même devant le juge.

Le contremaître dévisagea Zofia avant de cracher dans le port.

– On ne voit même plus vos ronds dans l'eau ! dit-elle.

Manca haussa les épaules, s'empara de son talkie-walkie et se résigna à ordonner l'arrêt général des activités. Quelques instants plus tard, quatre coups de trompe résonnèrent, immobilisant aussitôt le ballet des grues, des élévateurs, des tracteurs à sellette, des cavaliers, des frontaux, et de tout ce qui pouvait se mouvoir autour des quais ou à bord des cargos. Au loin, dans l'invisible, la corne de brume d'un remorqueur répondit à l'arrêt de l'activité.

– À force de jours chômés, ce port finira par fermer.

– Ce n'est pas moi qui fais la pluie et le beau temps, Manca, j'empêche juste vos hommes de se tuer. Arrêtez de faire cette tête-là, je déteste quand nous sommes fâchés, je vous offre un café et des œufs brouillés. Venez !

– Vous pouvez me regarder tant que vous voulez avec vos yeux d'ange, mais, je vous préviens, à dix mètres je remets tout en route !

– Dès que vous pourrez lire le nom des bateaux sur leur coque ! Allez, venez !

Le Fisher's Deli, meilleure cantine du port, était déjà bondé. À chaque brouillard, tous les dockers s'y retrouvaient pour partager l'espoir d'une éclaircie qui sauverait leur journée. Les anciens étaient attablés au fond de la salle. Debout au comptoir, les plus jeunes se rongeaient les ongles en tentant de deviner par-delà les fenêtres la proue d'un navire ou la flèche d'une grue de bord, premiers signes d'une amélioration du temps. Derrière les conversations de circonstance, tous priaient, ventre noué, cœur serré. Pour ces polyvalents qui travaillaient de jour comme de nuit, sans jamais se plaindre de la rouille et du sel qui s'infiltraient jusque dans leurs articulations, pour ces hommes qui ne sentaient plus leurs mains aux cals épais, il était terrible de rentrer à la maison, les quelques dollars de la garantie syndicale en poche.

Une cacophonie régnait dans le bistrot – de couverts qui s'entrechoquaient, de vapeur qui sifflait du percolateur, de glaçons que l'on raclait dans leur bac. Sur les banquettes en moleskine rouge, les dockers s'étaient entassés par groupes de six et peu de mots s'échangeaient au-dessus du brouhaha.

Mathilde, la serveuse aux cheveux coupés à la Audrey Hepburn, la silhouette fragile dans sa blouse en vichy, porte un plateau si chargé que les bouteilles y tiennent en équilibre comme par enchantement. Le carnet de commandes fiché dans son tablier, elle va et vient de la cuisine au comptoir, du bar aux tables, de la salle au guichet du plongeur.

Les journées de grande brume sont pour elle sans répit, mais dans sa solitude quotidienne elles sont ses préférées. De ses sourires généreux, de ses regards en coin, de ses reparties cinglantes, elle finit toujours par réchauffer un peu le moral des hommes qui la côtoient. La porte s'ouvre, elle tourne la tête et sourit, elle connaît bien celle qui entre.

– Zofia ! Table 5 ! Dépêche-toi, il a presque fallu que je monte dessus pour te la garder. Je vous apporte du café tout de suite.

Zofia s'y installe en compagnie du contremaître qui continue de râler.

– Cinq ans que je leur dis d'installer des éclairages au tungstène, on y gagnerait au moins vingt jours de boulot par an. Et puis ces normes sont idiotes, mes gars savent encore bosser à cinq mètres de visibilité, ce sont tous des pros.

– Les apprentis représentent trente-sept pour cent de vos effectifs, Manca !

– Les apprentis, ils sont là pour apprendre ! Notre métier se transmet de père en fils, et personne ne joue avec la vie des autres ici. Une carte de docker ça se mérite, par tous les temps !

Le visage de Manca s'adoucit quand Mathilde les interrompt pour déposer leur commande, fière de son agilité acquise à l'ouvrage.

– Des œufs brouillés bacon pour vous, Manca. Toi, Zofia, je suppose que tu ne manges pas, comme d'habitude. Je t'ai quand même servi un café que tu ne boiras pas non plus, avec du lait sans mousse. Le pain, le ketchup, voilà, tout y est !

La bouche déjà pleine, Manca la remercie. D'une

voix mal assurée Mathilde demande à Zofia si sa soirée est libre. Zofia lui répond qu'elle passera la chercher dès la fin de son service. Soulagée, la serveuse disparaît dans le tumulte du café qui ne cesse de s'emplir. Du fond de la salle, un homme à la carrure sérieuse se dirige vers la sortie. À la hauteur de leur table il s'arrête pour saluer le contre-maître. Manca essuie sa bouche et se redresse pour l'accueillir.

— Qu'est-ce que tu fais par ici ?

— Comme toi, je suis venu rendre visite aux meilleurs œufs brouillés de la ville !

— Tu connais notre officier de sécurité, le lieutenant Zofia... ?

— Nous n'avons pas ce plaisir, l'interrompt aussitôt Zofia en se levant.

— Alors, je vous présente mon vieil ami l'inspecteur George Pilguez de la police de San Francisco.

Elle tendit une main franche au détective qui la regardait, étonné, lorsque le beeper accroché à sa ceinture se mit à sonner.

— Je crois bien que l'on vous appelle, dit Pilguez.

Zofia examina le petit appareil à sa ceinture. Au-dessus du chiffre 7, la diode lumineuse ne cessait de clignoter. Pilguez la dévisagea en souriant.

— Ça va jusqu'à 7 chez vous ? Votre boulot doit être rudement important, chez nous ça s'arrête à 4.

— C'est la première fois que cette diode s'allume, répondit-elle, troublée. Je vous laisse, je vous prie de m'excuser.

Elle salua les deux hommes, adressa un petit signe

à Mathilde qui ne la vit pas et se fraya un chemin vers la porte à travers l'assemblée.

De la table où l'inspecteur Pilguez avait pris sa place, le contremaître s'écria :

– Ne conduisez pas trop vite, à moins de dix mètres de visibilité aucun véhicule n'est autorisé à circuler sur les quais !

Mais Zofia n'entendit pas ; remontant sur sa nuque le col de sa veste en cuir, elle courait vers sa voiture. Portière à peine claquée, elle lança le moteur qui démarra au quart de tour. La Ford de service s'ébranla et fonça le long des docks, sirène hurlante. Zofia ne semblait aucunement perturbée par l'opacité du brouillard qui ne cessait de s'intensifier. Elle roulait dans ce décor spectral, se faufilant entre les pieds des grues, slalomant allégrement entre les containers et les machines immobilisées. Quelques minutes lui suffirent pour arriver à l'entrée de la zone d'activité marchande. Elle ralentit au poste de contrôle, même si par ce temps la voie devait être libre. La barrière striée rouge et blanc était levée. Le gardien du quai 80 sortit de sa guérite, mais, dans une telle *nuit blanche,* il ne vit rien. On ne voyait plus sa propre main tendue. Zofia remontait 3rd Street, longeant la zone portuaire. Après avoir traversé tout le Bassin chinois, 3rd Street bifurquait enfin vers le centre de la ville. Imperturbable, Zofia naviguait dans les rues désertes. À nouveau son beeper retentit. Elle protesta à voix haute.

– Je fais ce que je peux ! Je n'ai pas d'ailes et la vitesse est limitée !

Elle avait à peine achevé sa phrase qu'un immense éclair diffusa dans la brume un halo de lumière fulgurant. Un coup de tonnerre d'une violence inouïe éclata, faisant trembler toutes les vitres des façades. Zofia écarquilla les yeux, son pied appuya un peu plus fort sur l'accélérateur, l'aiguille grimpa très légèrement. Elle ralentit pour traverser Market Street, on ne pouvait plus distinguer la couleur du feu, et s'engagea sur Kearny. Huit blocs séparaient encore Zofia de sa destination, neuf si elle se résignait à respecter le sens de circulation des rues, ce qu'elle ferait sans aucun doute.

Dans les rues aveugles, une pluie diluvienne déchirait le silence, de grosses gouttes éclataient sur le pare-brise dans un clapotis assourdissant, les essuie-glaces étaient impuissants à chasser l'eau. Au loin, seule la pointe qui abritait l'ultime étage de la majestueuse Tour pyramidale du Transamerica Building émergeait de l'épais nuage noir qui recouvrait la ville.

*

Vautré dans son fauteuil de première classe, Lucas profitait par le hublot de ce spectacle diabolique mais d'une beauté divine. Le Boeing 767 tournait au-dessus de la baie de San Francisco, dans l'attente d'une hypothétique autorisation d'atterrir. Impatient, Lucas tapota sur le beeper accroché à sa ceinture. La diode n° 7 ne cessait de clignoter. L'hôtesse s'approcha pour lui ordonner de l'éteindre et de redresser son dossier : l'appareil était en approche.

— Eh bien, arrêtez donc d'approcher, mademoi-selle, et posez-nous ce putain d'avion, je suis pressé !

La voix du commandant de bord grésilla dans les haut-parleurs : les conditions météorologiques au sol étaient relativement difficiles, mais la faible quantité de kérosène dans les réservoirs les obli-geait à atterrir. Il demanda à l'équipage navigant de s'asseoir et convoqua le chef de cabine au poste de pilotage. Il raccrocha son micro. La mine forcée de l'hôtesse de l'air de la première classe valait bien un oscar : aucune actrice au monde n'aurait su composer le sourire à la Charlie Brown qu'elle accrocha à la commissure de ses lèvres. La vieille dame assise à côté de Lucas et qui ne parvenait plus à contrôler sa peur agrippa son poignet. Lucas fut amusé par la moiteur de sa main et le léger trem-blement qui l'agitait. La carlingue était malmenée par une série de secousses plus violentes les unes que les autres. Le métal semblait souffrir autant que les passagers. Par le hublot on pouvait voir les ailes de l'appareil osciller au maximum de l'amplitude prévue par les ingénieurs de Boeing.

— Pourquoi la chef de cabine est convoquée ? demanda la vieille dame, au bord des larmes.

— Pour faire un canard dans le café du commandant de bord ! répondit Lucas, rayonnant. Vous avez la trouille ?

— Plus que ça, je crois. Je vais prier pour notre salut !

— Ah ! mais arrêtez-moi ça tout de suite ! Bienheu-reuse, gardez donc cette angoisse, c'est très bon pour votre santé ! L'adrénaline, ça décrasse tout.

C'est le déboucheur liquide du circuit sanguin et puis ça fait travailler votre cœur. Vous êtes en train de gagner deux années de vie ! Vingt-quatre mois d'abonnement à l'œil, c'est toujours ça de pris, même si à voir votre mine les programmes ne doivent pas être folichons !

La bouche trop sèche pour parler, la passagère essuya d'un revers de la main des gouttes de sueur à son front. Dans sa poitrine le cœur s'était emballé, sa respiration devenait difficile et une multitude de petites étoiles scintillantes venaient troubler sa vue. Lucas, amusé, lui tapota amicalement le genou.

– Si vous fermez bien fort les yeux, et en vous concentrant bien entendu, vous devriez voir la Grande Ourse.

Il éclata de rire. Sa voisine avait perdu connaissance et sa tête retomba sur l'accoudoir. En dépit des violentes turbulences, l'hôtesse se leva. S'agrippant tant bien que mal aux porte-bagages, elle avançait vers la femme évanouie. De la poche de son tablier, elle sortit une petite fiole de sels qu'elle décapsula et promena sous le nez de la vieille dame inconsciente. Lucas la regarda, encore plus amusé.

– Notez que Mamie à des excuses de ne pas bien se tenir, votre pilote n'y va pas de main morte. On se croirait dans des montagnes russes. Dites-moi... ça restera entre nous, promis... votre remède de grand-mère... sur elle... c'est pour soigner le mal par le mal ?

Et il ne put réfréner un nouvel éclat de rire. La chef de cabine le dévisagea, outrée : elle ne trouvait rien d'amusant à la situation et le lui fit savoir.

Un trou d'air brutal expédia l'hôtesse vers la porte du poste de pilotage. Lucas lui adressa un large sourire et gifla franchement la joue de sa voisine. Celle-ci sursauta et ouvrit un œil.

— Et la revoilà parmi nous ! Ça vous fait combien de Miles ce petit voyage ?

Il se pencha à son oreille pour chuchoter :

— N'ayez pas honte, regardez-les autour de nous, ils sont tous en train de prier, c'est d'un ridicule !

Elle n'eut pas le temps de répondre, dans le hurlement assourdissant des moteurs l'avion venait de toucher le sol. Le pilote inversa la poussée des réacteurs et de violentes gerbes d'eau vinrent fouetter la carlingue. L'appareil s'immobilisa enfin. Dans toute la cabine, les passagers applaudissaient les pilotes ou joignaient les mains, remerciant Dieu de les avoir sauvés. Exaspéré, Lucas déboucla sa ceinture de sécurité, leva les yeux au ciel, regarda sa montre et s'avança vers la porte avant.

*

La pluie avait redoublé de force. Zofia gara la Ford le long du trottoir qui bordait la Tour. Elle abaissa le pare-soleil, dévoilant un petit macaron qui arborait les lettres CIA. Elle sortit en courant sous l'ondée, chercha de la monnaie au fond de sa poche et inséra la seule pièce qu'elle avait dans le parcmètre. Puis elle traversa l'esplanade, dépassa les trois portes à tambour qui donnaient accès au hall principal du majestueux édifice pyramidal qu'elle contourna. Une nouvelle fois le beeper vibra à sa ceinture : elle leva les yeux vers le ciel.

– Je suis désolée, mais c'est très glissant le marbre mouillé ! Tout le monde le sait, sauf peut-être les architectes...

On plaisantait souvent au dernier étage de la Tour en disant que la différence entre les architectes et Dieu était que Dieu, lui, ne se prenait pas pour un architecte.

Elle longea le mur du bâtiment, jusqu'à une dalle qu'elle reconnut à sa couleur plus claire. Elle posa sa main sur la paroi. Un panneau s'effaça dans la façade, Zofia s'engouffra et la trappe se remit aussitôt en place.

*

Lucas était descendu de son taxi et marchait d'un pas assuré sur le parvis que Zofia avait abandonné quelques instants plus tôt. À l'opposé de la même Tour, il appliqua comme elle sa main sur la pierre. Une dalle, celle-ci plus sombre que les autres, coulissa et il entra dans le pilier ouest du Transamerica Building.

*

Zofia n'avait eu aucun mal à s'accoutumer à la pénombre du corridor. Sept lacets plus tard, elle accéda à un large hall habillé de granit blanc d'où s'élevaient trois ascenseurs. La hauteur qui régnait sous le plafond était vertigineuse. Neuf globes monumentaux, tous de taille différente, suspendus par des câbles dont on ne pouvait discerner les points d'amarrage, diffusaient une lumière opaline.

Chaque visite au siège de l'Agence était pour elle une source d'étonnement. L'atmosphère qui régnait en ces lieux était décidément insolite. Elle salua le concierge qui s'était levé derrière son comptoir.

– Bonjour, Pierre, vous allez bien ?

L'affection de Zofia pour celui qui depuis toujours veillait aux accès de la Centrale était sincère. Chaque souvenir de ce passage aux portes si convoitées y associait sa présence. N'était-ce pas à lui que l'on devait le climat paisible et rassurant qui régnait dans l'Entrée de la Demeure en dépit d'un transit intense ? Même les jours de grande affluence, quand des centaines de personnes se précipitaient aux portes, Pierre, alias Zée, ne permettait jamais le désordre ou la bousculade. Le siège de la CIA ne serait vraiment pas le même sans la présence de cet être posé et attentif.

– Beaucoup de travail ces temps derniers, dit Pierre. Vous êtes attendue. Si vous souhaitez vous changer, je dois avoir votre clé de vestiaire quelque part, donnez-moi quelques secondes...

Il se mit à fouiller dans les tiroirs de la banque d'accueil et murmura :

– Il y en a tellement ! Voyons, où l'ai-je mise ?

– Pas le temps, Zée ! dit Zofia en marchant d'un pas pressé vers le portique de sécurité.

La porte vitrée pivota. Zofia avança vers l'ascenseur de gauche, Pierre la rappela à l'ordre, lui montrant du doigt la cabine express au centre, celle qui montait directement au tout dernier étage.

– Vous êtes certain ? demanda-t-elle, surprise.

Pierre hocha la tête alors que les portes s'ouvraient au son d'une clochette qui ricocha sur les murs de granit. Zofia en resta interdite quelques secondes.

– Dépêchez-vous, et bonne journée, lui dit-il avec un sourire affectueux.

Les portes se refermèrent sur elle, et la cabine s'éleva vers le dernier étage de la CIA.

*

Dans le pilier opposé de la Tour, le néon du vieux monte-charge grésillait et la lumière vacilla quelques secondes. Lucas ajusta sa cravate et tapota les revers de sa veste. Les grilles venaient de s'ouvrir.

Un homme vêtu d'un costume identique au sien vint aussitôt l'accueillir. Sans lui adresser la parole, il lui indiqua sèchement les sièges du sas d'attente et retourna s'asseoir derrière son bureau. Le molosse aux allures de cerbère qui dormait enchaîné à ses pieds souleva une paupière, se lécha les babines et referma l'œil, un trait de bave fila sur la moquette noire.

*

L'hôtesse avait accompagné Zofia vers un canapé à l'assise profonde. Elle lui proposa de choisir une des revues mises à disposition sur une table basse.

Avant de retourner derrière son comptoir, elle lui assura qu'on viendrait la chercher dans peu de temps.

*

Au même moment, Lucas referma un magazine et consulta sa montre, il était presque midi. Il en défit le bracelet et l'attacha à l'envers sur son poignet pour ne pas oublier de la régler en repartant. Il arrivait parfois qu'au « Bureau » le temps s'arrête, et Lucas ne supportait pas le manque de ponctualité.

*

Zofia reconnut Michaël dès qu'il apparut au bout du couloir, son visage s'éclaira aussitôt. La chevelure grisonnante toujours un peu en broussaille, les pattes épaisses qui allongeaient ses traits et cet irrésistible accent écossais (certains prétendaient qu'il l'avait emprunté à sir Sean Connery, dont il ne ratait jamais aucun film) lui donnaient une allure dont l'âge n'altérerait jamais l'élégance. Zofia adorait la façon que son parrain avait de faire chuinter les *s*, mais elle raffolait encore plus de la petite fossette qui se formait sur son menton quand il souriait. Depuis son arrivée à l'Agence, Michaël était son mentor, son modèle éternel. Au fur et à mesure qu'elle avait gravi les échelons de la hiérarchie, il avait accompagné chacun de ses pas et s'était toujours arrangé pour que rien de négatif ne figurât à son dossier. À force de patientes leçons et d'attentions dévouées, il avait toujours valorisé les qualités précieuses de sa protégée. Sa générosité rarement égalée, son à-propos, la vivacité de son âme sincère, compensaient les légendaires reparties de Zofia qui surprenaient parfois ses pairs. Quant à la façon parfois peu orthodoxe qu'elle avait de s'habiller... tout le monde savait bien ici, et depuis fort longtemps, que l'habit ne faisait pas le moine.

Michaël avait toujours soutenu Zofia car il avait identifié en elle, aux premiers instants de son admission, un membre d'élite, et il avait toujours veillé à ce qu'elle-même ne le sache jamais. Personne n'aurait osé contester ses vues : il était reconnu pour son autorité naturelle, sa sagesse et sa dévotion. Depuis la nuit des temps, Michaël était le numéro deux de l'Agence, le bras droit du grand Patron que tout un chacun appelait ici-haut *Monsieur*.

Un dossier sous le coude, Michaël passa devant Zofia. Elle se leva pour l'embrasser.

– C'est doux de te revoir ! C'est toi qui m'as fait appeler ?

– Oui, enfin pas tout à fait, reste là, dit Michaël. Je vais certainement venir te chercher.

Il avait l'air tendu, ce qui ne lui ressemblait pas.

– Qu'est-ce qui se passe ?

– Pas maintenant, je t'expliquerai plus tard, et tu me feras le plaisir d'enlever ce bonbon de ta bouche avant que...

La réceptionniste ne lui laissa pas le temps d'achever sa recommandation, il était attendu. Il s'engagea dans le couloir d'un pas pressé et se retourna pour la rassurer d'un regard. À travers la cloison il entendait déjà les bribes de la conversation qui s'envenimait dans le grand bureau.

— Ah non, pas à Paris ! Ils sont tout le temps en grève... ce serait beaucoup trop facile pour toi, il y a des manifestations quasi quotidiennes... N'insiste pas... depuis le temps que ça dure, je ne les vois pas s'arrêter demain pour nous faire plaisir !

Un court silence encouragea Michaël à lever le bras pour frapper à la porte, mais il interrompit son geste en entendant la voix de *Monsieur* reprendre un ton plus fort :

— L'Asie et l'Afrique non plus !

Michaël recourba l'index, mais la main s'immobilisa à quelques centimètres du battant car à nouveau la voix s'élevait, résonnant cette fois jusque dans le corridor.

— Le Texas, pas question ! Pourquoi pas en Alabama tant que tu y es ?!

Il fit une nouvelle tentative, sans plus de succès, néanmoins la voix s'était apaisée.

— Que penserais-tu d'*ici* ? Ce n'est pas une mauvaise idée après tout... ça nous évitera des déplacements inutiles et depuis le temps que nous nous disputons ce territoire. Va pour *San Francisco* !

Le silence indiqua que le moment était venu. Zofia sourit timidement à Michaël alors qu'il pénétrait dans le bureau de *Monsieur*. La porte se referma derrière lui, Zofia se retourna vers la réceptionniste.

— Il est nerveux, non ?

— Oui, depuis le lever du jour occidental, répondit-elle évasivement.

– Pourquoi ?

– J'entends beaucoup de choses ici, mais je ne suis quand même pas dans le secret de *Monsieur*... et puis vous connaissez la règle, je ne dois rien dire, je tiens à ma place.

Elle réussit au prix de grands efforts à garder le silence plus d'une petite minute et reprit :

– Tout à fait confidentiellement, et de vous à moi, je peux vous assurer qu'il n'est pas le seul à être tendu. Raphaël et Gabriel ont travaillé toute la nuit occidentale, Michaël les a rejoints au crépuscule oriental, cela doit être sacrément sérieux.

Zofia s'amusait du vocable étrange de l'Agence. Mais était-il possible, en ces lieux, de penser en heures alors que chaque fuseau du globe avait la sienne ? Son parrain lui rappelait, à la première ironie de sa part, que le rayonnement universel des activités de la Centrale et les diversités linguistiques de son personnel justifiaient certaines expressions et autres usages. Il était proscrit, par exemple, d'utiliser des chiffres pour identifier les agents de l'Intelligence. *Monsieur* avait choisi les premiers membres de son directoire en les nommant, et la tradition avait perduré... Finalement, quelques règles bien simples, très éloignées des idées préconçues sur la terre, facilitaient les coordinations opérationnelles et hiérarchiques de la CIA. Depuis toujours, on distinguait les anges par un prénom.

... car c'est ainsi que fonctionnait depuis la nuit des temps la maison de Dieu que l'on appelait aussi la CENTRALE DE L'INTELLIGENCE DES ANGES.

Monsieur marchait de long en large, les mains croisées dans le dos, l'air soucieux. De temps en temps, *Il* s'arrêtait pour regarder au travers des grandes fenêtres de la pièce. Au-dessous de lui, l'épais matelas de nuages interdisait d'entrevoir la moindre parcelle de terre. L'immensité bleue bordait la baie vitrée aux dimensions infinies. Il jeta un œil courroucé à la table de réunion qui traversait la pièce dans toute sa longueur. Le plateau démesuré s'étirait jusqu'à la cloison du bureau adjacent. Se retournant vers la table, *Monsieur* repoussa une pile de dossiers. Tous ses gestes trahissaient l'impatience qu'il contrôlait.

– Vieux ! Tout ça est poussiéreux ! Veux-tu que je te dise ce que Je pense ? Ces candidatures sont canoniques ! Comment veux-tu que l'on gagne ?

Michaël était resté près de la porte et avança de quelques mètres.

– Ce sont tous des agents sélectionnés par votre Conseil....

– Parlons-en de mon Conseil, quel manque d'idées ! Toujours à radoter les mêmes paraboles, il vieillit le Conseil ! Quand ils étaient jeunes, ils étaient pleins d'idées pour améliorer le monde. Aujourd'hui, ils sont presque résignés !

– Mais leurs qualités n'ont jamais tari, Monsieur.

– Je ne les remets pas en cause, mais regarde où nous en sommes !

Sa voix s'était élevée dans le ciel, faisant trembler les murs de la pièce. Michaël redoutait plus que tout les colères de son employeur. Elles étaient rarissimes, mais leurs conséquences avaient été plutôt dévastatrices. Il suffisait de regarder par la fenêtre le temps qui régnait sur la ville pour deviner son humeur du moment.

– Les solutions du Conseil ont-elles réellement fait progresser l'humanité ces temps derniers ? reprit *Monsieur*. Il n'y a vraiment pas de quoi pavoiser, non ? Bientôt, on ne pourra plus influencer un simple froissement d'aile de papillon... ni *Lui* ni *Moi* d'ailleurs, dit-il, désignant le mur au fond de la pièce. Si les éminents membres de mon assemblée avaient fait preuve d'un peu plus de modernité, je n'aurais pas à relever un défi aussi absurde ! Mais le pari est lancé, alors il nous faut du neuf, de l'original, du brillant et, surtout, de la créativité ! Une nouvelle campagne s'engage, et c'est le sort de cette maison qui est en jeu, que Diable !

On frappa aussitôt trois coups à la cloison mitoyenne, *Monsieur* la regarda d'un air agacé et s'assit à l'extrémité de la table. L'air malin, *Il* avisa Michaël.

– Montre-moi donc ce que tu caches sous ton bras !

Confus, son fidèle adjoint s'approcha et déposa devant lui une chemise cartonnée. *Monsieur* ouvrit le rabat et fit défiler les premiers feuillets, son œil s'éclaira, les plissements de son front dénotaient l'intérêt grandissant qu'il portait à sa lecture. *Il* souleva le dernier onglet et examina attentivement la série de photographies jointes.

Blonde, recueillie dans une allée du vieux cimetière de Prague, brune, courant le long des canaux de Saint-Pétersbourg, rousse, attentive sous la tour

Eiffel, cheveux courts à Rabat, longs et dans le vent à Rome, bouclés place de l'Europe à Madrid, ambrés dans les ruelles de Tanger, elle était toujours ravissante. De face ou de profil, son visage était simplement angélique. Interrogatif, *Monsieur* désigna le seul cliché où l'épaule de Zofia était dénudée : un léger détail retint son attention.

— C'est un petit dessin, s'empressa de dire Michaël en croisant les doigts. Une toute petite paire d'ailes de rien du tout, une coquetterie, un tatouage... un peu moderne peut-être ? Mais on peut l'effacer !

— Je vois bien que ce sont des ailes, grommela *Monsieur*. Où est-elle, quand puis-je la voir ?

— Elle attend sur le palier...

— Alors, fais-la entrer !

Michaël sortit du bureau et alla chercher Zofia. En chemin, il lui infligea une série de recommandations. Zofia allait rencontrer le grand patron et l'événement était assez exceptionnel pour que son parrain en ait le trac à sa place... et Zofia devrait savoir garder la sienne pendant tout l'entretien. Elle se contenterait d'écouter, sauf si *Monsieur* posait une question sans apporter lui-même de réponse. Il était interdit de le regarder dans les yeux. Michaël reprit son souffle et poursuivit :

— Attache tes cheveux en arrière et tiens-toi droite. Une chose encore, si tu dois parler, tu concluras chacune de tes phrases par *Monsieur*...

Michaël dévisagea Zofia et sourit.

— ... et puis oublie ce que je viens de te dire, sois toi-même ! Après tout, c'est ce qu'il préfère. C'est pour cela que j'ai proposé ta candidature et certainement pour cela aussi qu'*Il* t'a déjà choisie ! Je suis épuisé, ce n'est plus de mon âge tout ça.

– Choisie pour quoi ?

– Tu vas le savoir, allez, prends ton souffle et entre, c'est ton grand jour... et tu me craches ce chewing-gum une fois pour toutes !

Zofia ne put s'empêcher de faire une révérence.

Avec son visage buriné, ses mains sublimes, sa carrure, sa voix grave, Dieu était encore plus impressionnant que tout ce qu'elle avait pu imaginer. Elle fit discrètement glisser son chewing-gum sous la langue et sentit un indescriptible frisson parcourir son dos. *Monsieur* l'invita à s'asseoir. Puisqu'elle était selon son parrain (*Il* savait que c'était ainsi qu'elle appelait Michaël) l'un des agents les plus qualifiés de sa Demeure, *Il* s'apprêtait à lui confier la mission la plus importante que l'Agence ait connue depuis sa création. *Il* la regarda, elle baissa aussitôt la tête.

– Michaël vous délivrera les documents et instructions nécessaires au parfait déroulement des opérations dont vous aurez la seule responsabilité...

Elle n'avait pas le droit à l'erreur et le temps lui serait compté... Elle avait sept jours pour réussir.

– ... Faites preuve d'imagination, de talent, il paraît que vous en avez de multiples, je le sais. Soyez d'une extrême discrétion, vous êtes très efficace, je le sais aussi.

Il était directif, jamais une opération n'avait autant exposé l'Agence. *Il* lui arrivait de ne plus savoir lui-même de quelle façon il s'était laissé entraîner dans cet incroyable défi.

– ... Si, je crois que je le sais ! ajouta-t-il.

Compte tenu de la gravité des enjeux, elle n'en référerait qu'à Michaël et, en cas de besoin extrême ou d'indisponibilité de sa part, à *Lui-même*. Ce que *Monsieur* allait maintenant lui révéler ne devrait jamais sortir de ces lieux. *Il* ouvrit son tiroir et présenta devant elle un manuscrit où deux signatures étaient apposées. Le texte détaillait les dispositions de la singulière mission qui l'attendait :

Les deux puissances qui régissent l'ordre du monde n'ont cessé de s'affronter depuis la nuit des temps. Constatant qu'aucune d'elles n'arrive à influencer selon sa volonté le destin de l'humanité, chacune se reconnaît contrecarrée par l'autre dans l'achèvement parfait de sa vision du monde...

Monsieur interrompit Zofia dans sa lecture pour commenter :

– Depuis le jour où la pomme lui est restée en travers de la gorge, Lucifer s'oppose à ce que je confie la Terre à l'homme. Il n'a eu de cesse de vouloir me démontrer que ma créature n'en est pas digne.

Il lui fit signe de poursuivre et Zofia reprit le document :

... Toutes les analyses politiques, économiques et climatiques tendent à révéler que la terre tourne à l'enfer.

Michaël expliqua à Zofia que leur Conseil avait opposé à cette conclusion prématurée de Lucifer que la situation actuelle résultait de leur rivalité permanente, frein à l'expression de la véritable nature humaine.

Il était bien trop tôt pour se prononcer, la seule certitude était que le monde ne tournait plus très rond. Zofia poursuivit :

La notion d'humanité diverge radicalement selon le point de vue de l'un ou de l'autre. Après d'éternelles discussions, nous avons accepté l'idée que l'avènement du troisième millénaire se devait de consacrer une ère nouvelle, libérée de nos antagonismes. Du nord au sud, de l'ouest à l'est, le temps est venu de substituer à notre cohabitation forcée un mode opératoire plus efficient...

– Ça ne pouvait plus continuer ainsi, reprit *Monsieur*.

Zofia observait les lents mouvements des mains qui accompagnaient sa voix.

– Le XXe siècle a été trop éprouvant. Et puis, au train où vont les choses, nous allons finir par perdre tout contrôle, Lui comme moi. Ce n'est pas tolérable, il en va de notre crédibilité. Il n'y a pas que la Terre dans l'univers, tout le monde me regarde. Les lieux saints sont pleins de questions, mais les gens y trouvent de moins en moins de réponses...

Gêné, Michaël fixait le plafond, il toussa, *Monsieur* invita Zofia à poursuivre.

... Pour attester la légitimité de celui à qui incombera de régir la terre au cours du prochain millénaire, nous nous sommes lancé un ultime défi dont les termes sont décrits ci-dessous :

Sept jours durant, nous enverrons parmi les hommes celui ou celle que nous considérons comme le meilleur de nos agents. Le plus à même d'entraîner l'humanité vers le bien ou le mal apportera la victoire à son camp, prélude à la fusion de nos deux institutions. Le pouvoir d'administrer le nouveau monde reviendra au vainqueur.

Le manuscrit était signé de la main de Dieu et de la main du Diable.

Zofia releva lentement la tête. Elle voulait reprendre le texte à son début, pour comprendre l'origine de l'acte qu'elle tenait entre ses mains.

— C'est un pari absurde, dit *Monsieur,* un peu confus. Mais ce qui est fait est fait.

Elle reprit le parchemin, *Il* comprit l'étonnement que trahissaient ses yeux.

— Considère cet écrit comme un alinéa à mon dernier testament. Moi aussi je vieillis. C'est bien la première fois que je ressens de l'impatience, alors fais en sorte que le temps passe très vite, ajouta-t-il en regardant par la fenêtre, n'oublie pas à quel point il est compté... Il l'a toujours été, ce fut ma première concession.

Michaël fit un signe à Zofia, il fallait se lever et quitter la pièce. Elle s'exécuta sur-le-champ. Au pas de la porte, elle ne put réprimer l'envie de se retourner.

— *Monsieur ?*

Michaël retint son souffle, Dieu tourna la tête vers elle, le visage de Zofia s'éclaira.

— Merci, dit-elle.

Dieu lui sourit.

— Sept jours pour une éternité... je compte sur toi !

Il la regarda sortir de la pièce.

Dans le couloir, Michaël retrouvait à peine sa respiration quand il entendit la voix grave le rappeler. Il abandonna Zofia, fit demi-tour et retourna dans le grand bureau. *Monsieur* fronça les sourcils.

— Le bout de caoutchouc qu'elle a collé sous ma table est parfumé à la fraise, n'est-ce pas ?

— C'est bien de la fraise, Monsieur, répondit Michaël.

— Une dernière chose, lorsqu'elle aura terminé sa mission, je te serais reconnaissant de lui faire enlever ce petit dessin sur l'épaule avant que tout le monde ici ne s'y mette. On n'est jamais à l'abri d'une mode.

— C'est évident, Monsieur.

— Une question encore : Comment as-tu su que je la choisirais ?

— Parce que cela fait plus de deux mille ans que je travaille à vos côtés, Monsieur !

Michaël referma la porte derrière lui. Lorsque *Monsieur* fut seul, il s'assit au bout de la longue table et fixa la cloison face à *lui*. *Il* se racla la gorge pour annoncer d'une voix claire et forte :

— Nous sommes prêts !

— Nous aussi ! répondit narquoisement la voix de Lucifer.

Zofia attendait dans une petite salle. Michaël entra et avança vers la fenêtre. Au-dessous d'eux le ciel s'éclaircissait, quelques collines émergeaient de la couche nuageuse.

— Dépêche-toi, nous n'avons pas de temps à perdre, il faut que je te prépare.

Ils prirent place autour d'une petite table ronde

sous une alcôve. Zofia confia son inquiétude à Michaël.

– Par où dois-je commencer une telle mission, parrain ?

– Tu pars avec un certain handicap, ma Zofia. Voyons les choses en face, le mal est devenu universel et presque aussi invisible que nous. Tu joues en défense, ton adversaire en attaque. Il te faudra d'abord identifier les forces qu'il liguera contre toi. Trouve le lieu où il tentera d'opérer. Laisse-le peut-être agir en premier et combats ses projets du mieux que tu le pourras. Ce n'est que lorsque tu l'auras neutralisé que tu auras une chance de mettre en œuvre un grand dessein. Ton seul atout sera la connaissance du terrain. Ils ont choisi San Francisco comme théâtre d'opérations.... par le plus pur des hasards.

*

Se balançant sur sa chaise, Lucas achevait de prendre connaissance du même document sous l'œil attentif de son *Président*. Bien que les stores fussent baissés, *Lucifer* n'avait pas ôté les épaisses lunettes de soleil qui masquaient son regard. Tous ses proches le savaient, le moindre éclairage irritait ses yeux, brûlés jadis par un rayonnement excessif.

Entouré des membres de son cabinet qui avaient pris place autour de la table aux proportions démesurées (elle s'étirait jusqu'à la cloison qui séparait l'immense salle du bureau adjacent), *Président* déclara aux membres du Conseil que la séance était levée.

Sous l'impulsion du directeur de la communication, un dénommé Blaise, l'assemblée s'achemina vers l'unique porte de sortie. Resté assis, *Président* fit un geste de la main, rappelant Lucas à ses côtés. Accentuant son geste, il l'invita à se pencher vers lui et murmura quelque chose à son oreille que personne n'entendit. En sortant du bureau, Lucas se vit rejoindre par Blaise qui l'accompagna jusqu'aux ascenseurs.

En chemin, il lui remit plusieurs passeports, des devises, un grand trousseau de clés de voitures, et exhiba une carte de crédit de couleur platine qu'il agita sous son nez.

– Doucement avec les notes de frais, n'abusez pas !

D'un geste vif et agacé, Lucas s'empara du rectangle en plastique et renonça à serrer la main la plus adipeuse de toute l'organisation. Habitué de la chose, Blaise frotta sa paume sur le dos de son pantalon et cacha gauchement ses mains dans ses poches. Dissimuler était une des grandes spécialités de l'individu qui s'était hissé jusqu'à ce poste, non par compétence, mais par tout ce que la volonté d'ascension peut produire de fourberie et d'hypocrisie. Blaise congratula Lucas, lui dit qu'il avait pesé de tout son poids (une litote, compte tenu de sa physionomie) pour favoriser sa candidature. Lucas n'accorda pas le moindre crédit à ses propos : Blaise n'était à ses yeux qu'un incompétent à qui l'on avait confié la responsabilité de la communication interne, pour d'exclusives raisons de parenté.

Lucas ne prit même pas la peine de croiser ses

doigts quand il promit de rendre régulièrement compte à Blaise de l'avancement de sa mission. Au sein de l'organisation qui l'employait, mystifier était le moyen le plus sûr dont disposaient les directeurs pour pérenniser leurs pouvoirs. Pour plaire à leur *Président*, il leur arrivait même de se mentir entre eux. Le responsable de la communication supplia Lucas de lui divulguer ce que *Président* avait murmuré à son oreille. Ce dernier le dévisagea avec mépris et prit congé.

*

Zofia embrassa la main de son parrain et l'assura qu'elle ne le décevrait pas. Elle lui demanda si elle pouvait lui confier un secret. Michaël acquiesça d'un signe de tête. Elle hésita et lui avoua que *Monsieur* avait des yeux incroyables, elle n'avait jamais rien vu d'aussi bleu.

— Ils changent parfois de couleur, mais il t'est interdit de dire à quiconque ce que tu as vu dedans.

Elle promit et sortit dans le corridor. Il l'accompagna à l'ascenseur. Juste avant que les portes ne se referment, il lui souffla, complice :

— *Il* t'a trouvée charmante.

Zofia rougit. Michaël fit mine de n'en avoir rien vu.

— Pour eux, ce défi n'est peut-être qu'un maléfice de plus ; pour nous, c'est une question de survie. Nous comptons tous sur toi.

Quelques instants plus tard, elle traversa à nouveau le grand hall. Pierre jeta un œil sur ses écrans de contrôle, la voie était libre. La porte coulissa à nouveau dans la façade et Zofia put accéder à la rue.

*

Au même moment, Lucas sortait de l'autre côté de la Tour. Un dernier éclair zébra le ciel au loin, au-dessus des collines de Tiburon. Lucas héla un taxi, la voiture se rangea devant lui et il grimpa dans le Yellow Cab.

Sur le trottoir d'en face, Zofia courait vers sa voiture, un agent de la circulation était en train de rédiger une contravention.

– Belle journée, vous allez bien ? dit Zofia à la femme en uniforme.

La contractuelle tourna lentement la tête afin de s'assurer que Zofia ne se moquait pas d'elle.

– Nous nous connaissons ? demanda l'agent Jones.

– Non, je ne crois pas.

Dubitative, elle mâchouillait son stylo en dévisageant Zofia. Elle détacha l'amende de sa souche.

– Et vous, vous allez bien ? demanda-t-elle en glissant le PV sur le pare-brise.

– Vous n'auriez pas un chewing-gum à la fraise ? demanda Zofia en s'emparant du ticket.

– Non, à la menthe.

Zofia refusa courtoisement la tablette qui lui était offerte. Elle ouvrit sa portière.

– Vous ne négociez même pas votre PV ?

– Non, non.

— Vous savez que, depuis le début de l'année, les conducteurs de véhicules du gouvernement sont tenus de payer eux-mêmes leurs amendes ?

— Oui, dit Zofia, j'ai lu cela quelque part je crois, c'est un peu normal après tout.

— À l'école, vous étiez toujours au premier rang ? demanda l'agent Jones.

— Très franchement, je ne m'en souviens plus... Maintenant que vous m'en parlez, je crois que je m'asseyais un peu où je voulais.

— Vous êtes certaine que vous allez bien ?

— Le coucher du soleil sera superbe ce soir, ne le ratez surtout pas ! Vous devriez y assister en famille, depuis Presidio Park le spectacle sera éblouissant. Je vous laisse, un travail énorme m'attend, dit Zofia en grimpant dans sa voiture.

Quand la Ford s'éloigna, la contractuelle sentit comme un léger frisson parcourir son échine. Elle rangea son stylo dans sa poche et prit son téléphone portable.

Elle laissa un long message sur la boîte vocale de son mari. Elle lui demanda s'il pouvait retarder d'une demi-heure le début de son service, elle ferait tout pour rentrer plus tôt. Elle lui proposait une promenade dans Presidio Park au coucher du soleil. Il serait exceptionnel, c'était une employée de la CIA qui le lui avait dit ! Elle ajouta qu'elle l'aimait et que, depuis qu'ils vivaient en horaires décalés, elle n'avait pas trouvé le moment de lui dire à quel point il lui manquait. Quelques heures plus tard, faisant des courses pour un pique-nique improvisé, elle ne se rendit même pas compte que le paquet de chewing-gums qu'elle avait mis dans son caddie n'était pas à la menthe.

*

Prisonnier des embouteillages du quartier financier, Lucas feuilletait les pages d'un guide touristique. Quoi qu'en pense Blaise, l'enjeu de sa mission justifait une augmentation de ses notes de frais : il demanda au chauffeur de le déposer à Nob Hill. Une suite au Fairmont, palace réputé de la ville, lui conviendrait parfaitement. La voiture bifurqua sur California Street, à la hauteur de Grace Cathedral pour s'engouffrer sous le majestueux auvent de l'hôtel. Elle s'immobilisa devant le tapis de velours rouge gansé de filets dorés. Le bagagiste voulut s'emparer de sa petite mallette, mais il lui jeta un regard qui le maintint à distance. Il ne remercia pas le portier qui faisait tourner pour lui la porte tambour et se dirigea directement vers la réception. La préposée ne trouvait nulle trace de sa réservation. Lucas haussa le ton, traitant la jeune femme d'inca-pable. Instantanément le responsable du service fondit sur lui. D'un ton obséquieux « spécial client difficile » il tendit à Lucas une clé magnétique et se confondit en excuses, espérant qu'un surclassement en catégorie « Suite supérieure » lui ferait oublier les légers désagréments causés par une employée incompétente. Lucas saisit la carte sans ménagement et demanda à n'être dérangé sous aucun prétexte. Il fit mine de lui glisser un billet dans la main, qu'il devinait presque aussi moite que celle de Blaise, et se dirigea d'un pas pressé vers l'ascenseur. Le responsable de la réception se retourna, la paume vide et l'air courroucé. Le liftier demanda courtoisement à son passager rayonnant s'il avait passé une bonne journée.

– Qu'est-ce que ça peut bien te foutre ? répondit Lucas en sortant de la cabine.

*

Zofia rangea sa voiture le long du trottoir. Elle gravit les marches du perron de la petite maison victorienne perchée sur Pacific Heights. Elle ouvrit la porte et croisa sa logeuse.

– Tu es rentrée de voyage, je suis bien contente, dit Miss Sheridan.

– Mais je ne suis partie que depuis ce matin !

– Tu es certaine ? Il me semblait que tu étais absente hier soir. Oh, je sais bien que je me mêle encore de ce qui ne me regarde pas, mais je n'aime pas quand la maison est vide.

– Je suis rentrée tard, vous dormiez, j'avais un peu plus de travail que d'habitude.

– Tu travailles trop ! À ton âge, et jolie comme tu l'es, tu devrais passer tes soirées avec un petit ami.

– Il faut que je monte me changer, mais je passerai vous voir en partant, Reine, c'est promis.

La beauté de Reine Sheridan n'avait jamais capitulé devant le temps. Sa voix douce et grave était magnifique, son regard de lumière témoignait d'une vie dense dont elle ne choyait que les bons souvenirs.

Elle avait été l'une des premières femmes grands reporters à parcourir le monde. Les murs de son salon ovale étaient couverts de photos jaunies, visages passés qui témoignaient de ses nombreux voyages, de ses rencontres. Là où ses confrères avaient cherché à photographier l'exception, Reine avait saisi le commun, pour ce qu'il contenait de plus beau à ses yeux, son à-propos.

Lorsque ses jambes lui interdirent le prochain départ, elle se retira dans sa demeure de Pacific Heights. Elle y était née, pour en partir un 2 février 1936 embarquer sur un cargo à destination de l'Europe, le jour de ses vingt ans. Elle y était revenue plus tard, y vivre son unique amour, le temps d'un trop court moment de bonheur.

Depuis lors, Reine avait habité seule cette grande maison, jusqu'au jour où elle avait rédigé une petite annonce dans le *San Francisco Chronicle*. « Je suis votre nouvelle *roommate* », avait dit Zofia souriante en se présentant à sa porte d'entrée, au matin même de la parution. Le ton déterminé avait séduit Reine, et sa nouvelle locataire avait emménagé le soir même, changeant au fil des semaines la vie d'une femme qui s'avouait aujourd'hui heureuse d'avoir renoncé à sa solitude. Zofia adorait les fins de soirée passées en compagnie de sa logeuse. Quand elle ne rentrait pas trop tard, elle distinguait de la vitre du perron le rai de lumière qui traversait le vestibule, l'invitation de Miss Sheridan était toujours ainsi formulée. Sous prétexte de s'assurer que tout allait bien, Zofia passait la tête dans l'encadrement de la porte. Un grand album de photographies était ouvert sur le tapis et quelques morceaux de galette disposés dans une coupelle finement ciselée rapportée d'Afrique. Reine attendait dans son fauteuil, assise face à l'olivier qui s'épanchait dans l'atrium. Alors, Zofia entrait, s'allongeait à même le sol et commençait à tourner les feuillets d'un des albums aux vieilles couvertures de cuir, dont les bibliothèques de la pièce regorgeaient. Sans jamais quitter l'olivier du regard, Reine commentait une à une les illustrations.

Zofia grimpa à l'étage, fit tourner la clé de son appartement, repoussa la porte du pied et lança son trousseau sur la console. Elle jeta sa veste dans l'entrée, ôta son chemisier dans le petit salon, traversa sa chambre en y abandonnant son pantalon, et entra dans la salle de bains. Elle ouvrit en grand les robinets de la douche, la tuyauterie se mit à cogner. Elle donna un coup sec sur le pommeau et l'eau ruissela sur ses cheveux. Par la petite lucarne ouverte sur les toits en hélix qui dévalaient jusqu'au port passait le son des cloches de Grace Cathedral, qui annonçait dix-neuf heures.

– Pas déjà ! dit-elle.

Elle sortit de l'alcôve qui sentait bon l'eucalyptus et retourna dans sa chambre. Elle ouvrit la penderie, hésita entre un débardeur et une chemise d'homme trop grande pour elle, un pantalon en coton et son vieux jean, opta pour le jean et la chemise dont elle retroussa les manches. Elle attacha son beeper à la ceinture et enfila une paire de tennis en sautillant vers l'entrée pour en redresser les contreforts sans avoir à se baisser. Elle prit son trousseau de clés, décida de laisser les fenêtres ouvertes et descendit l'escalier.

– Je rentrerai tard ce soir. Nous nous verrons demain, si vous avez besoin de quoi que ce soit, appelez-moi sur mon beeper, d'accord ?

Miss Sheridan grommela une litanie que Zofia savait parfaitement interpréter. Quelque chose qui devait dire : « tu travailles trop, ma fille, on ne vit qu'une seule fois ».

Et c'était vrai, Zofia œuvrait continuellement à la cause des autres, ses journées étaient sans relâche, même pas la moindre petite pause ne serait-ce que pour déjeuner ou se désaltérer puisque les anges ne se sustentaient jamais. Si généreuse et intuitive fût-elle, Reine ne pouvait rien deviner de ce que Zofia peinait elle-même à appeler « sa vie ».

*

Les lourdes cloches résonnaient encore du sep-tième et dernier carillon de l'heure. Grace Cathedral, perchée au sommet de Nob Hill, faisait face aux fenêtres de la suite de Lucas. Il suçait avec délec-tation son os de poulet, en croqua le cartilage au bout du pilon et se leva pour s'essuyer les mains sur les rideaux. Il enfila sa veste, se regarda dans le grand miroir qui trônait sur la cheminée et sortit de la chambre. Il descendit les marches du grand escalier dont la majestueuse volée commandait le hall et adressa un sourire narquois à la réception-niste, qui baissa la tête dès qu'elle le vit. Sous l'auvent, un chasseur héla aussitôt un taxi qu'il emprunta sans lui délivrer de pourboire. Il avait envie d'une belle voiture neuve, le seul endroit de la ville pour en choisir une le dimanche était le port marchand où de nombreux modèles étaient parqués une fois débarqués des cargos. Il demanda au chauffeur de le conduire sur le quai 80... Là, il pourrait en voler une à son goût.

– Dépêchez-vous, je suis pressé ! dit-il au conducteur.

La Chrysler bifurqua dans California Street et descendit vers le bas de la ville. Il leur fallut à peine sept minutes pour traverser le quartier des affaires. À chaque intersection, le chauffeur rouspétait en reposant son bloc-notes ; tous les feux passaient au vert, l'empêchant d'y inscrire la destination de sa course comme la loi l'y obligeait. « À croire qu'ils le font exprès », marmonna-t-il au sixième carrefour. Dans son rétroviseur, il vit le sourire de Lucas et le septième feu lui ouvrit la route.

Lorsqu'ils arrivèrent à l'entrée de la zone portuaire, une épaisse vapeur s'échappa de la calandre, la voiture toussa et s'immobilisa sur le bas-côté.

– Il ne manquait plus que cela ! soupira le conducteur.

– Je ne vous règle pas la course, dit Lucas d'un ton cassant, nous ne sommes pas tout à fait arrivés à destination.

Il sortit en laissant sa portière ouverte. Avant que le chauffeur ne puisse réagir, le capot de son taxi fut propulsé vers le ciel par un geyser d'eau rouillée qui s'échappait du radiateur. « Joint de culasse, le moteur est mort, mon grand ! » cria Lucas en s'éloignant.

À la guérite, il présenta un badge au gardien, la barrière aux stries rouges et blanches se releva. Il marcha d'un pas assuré jusqu'au parking. Là, il repéra une sublime Chevrolet Camaro cabriolet dont il crocheta la serrure sans difficulté. Lucas s'installa derrière le volant, choisit une clé dans le trousseau qu'il portait à la ceinture et démarra quelques secondes plus tard. La voiture remonta l'allée centrale, ne ratant aucune des flaques formées au creux des nids-de-poule. Il souilla ainsi chaque container qui se trouvait de part et d'autre de son chemin, rendant les immatriculations illisibles.

Au bout du pavé, il tira le frein à main d'un coup sec ; la voiture glissa par son travers jusqu'à s'immobiliser à quelques centimètres de la devanture du Fisher's Deli, le bar du port. Lucas sortit, gravit les trois marches en bois du perron en sifflotant et poussa la porte.

La salle était presque vide. D'ordinaire les ouvriers venaient se désaltérer après une longue journée de travail, mais aujourd'hui, en raison du mauvais temps qui avait sévi toute la matinée, ils tentaient de récupérer les heures perdues. Ce soir ils finiraient très tard, se résignant à rendre les machines aux équipes de nuit qui ne tarderaient pas à arriver.

Lucas prit place dans un box, fixant Mathilde qui essuyait des verres derrière son comptoir. Troublée par son sourire étrange, elle vint aussitôt prendre sa commande. Lucas n'avait pas soif.

– À manger peut-être ? questionna-t-elle.

Uniquement si elle l'accompagnait. Mathilde déclina aimablement l'offre, il lui était interdit de s'asseoir dans la salle durant les heures de service. Lucas avait tout son temps, il n'avait pas faim et se proposait de l'inviter dans un autre lieu que celui-ci qu'il trouvait terriblement banal.

Mathilde était gênée, le charme de Lucas était loin de la laisser indifférente. Dans cette partie de la ville, l'élégance était aussi rare que dans sa vie. Elle détourna son regard alors qu'il la dévisageait de ses yeux diaphanes.

– C'est vraiment très gentil, murmura-t-elle.

Au même moment, elle entendit deux petits coups d'avertisseur.

– Je ne peux pas, répondit-elle à Lucas, je dîne justement avec une amie ce soir. C'est elle qui vient de klaxonner. Une autre fois peut-être ?

Zofia entra, essoufflée, et se dirigea vers le bar où Mathilde avait repris sa place, et un semblant de contenance.

– Pardon, je suis en retard, mais j'ai eu une vraie journée de dingue, dit Zofia en se hissant sur l'un des tabourets du comptoir.

Une dizaine d'hommes appartenant aux équipes de nuit entrèrent à leur tour dans l'établissement, ce qui contraria beaucoup Lucas. L'un des dockers s'arrêta à la hauteur de Zofia, il la trouvait ravissante sans uniforme. Elle remercia le grutier de son compliment et se retourna vers Mathilde en levant les yeux au ciel. La jolie serveuse se pencha vers son amie pour lui demander de regarder discrètement le client à la veste noire, installé dans le box au fond de la salle.

— J'ai vu... laisse tomber !

— Tout de suite, les grands mots ! chuchota Mathilde

— Mathilde, ta dernière aventure en date a failli te coûter la vie, alors, cette fois-ci, si je peux t'éviter le pire... j'aimerais mieux !

— Je ne vois pas pourquoi tu dis ça ?

— Parce que le pire, c'est justement ce genre-là !

— Quel genre ?

— Le regard qui se veut ténébreux.

— Tu tires vite, dis donc ! Je ne t'avais même pas entendue charger le revolver !

— Tu as mis six mois à te désintoxiquer de toutes les saloperies que ton barman d'O'Farrell* te faisait généreusement partager avec lui. Tu veux ruiner ta seconde chance ? Tu as un job, une chambre, et tu es « propre » depuis dix-sept semaines. Tu veux replonger tout de suite ?

— Mon sang n'est pas propre, lui !

— Donne-toi un peu de temps et prends tes médicaments !

— Ce type a l'air gentil comme tout.

— Comme un crocodile devant un filet mignon !

— Tu le connais ?

— Jamais vu !

— Alors pourquoi ce jugement hâtif ?

— Fais-moi confiance, j'ai un don pour faire la part des choses.

---

* Rue de San Francisco aux bars malfamés.

La voix grave de Lucas souffla dans le creux de sa nuque et Zofia sursauta.

— Puisque vous avez préempté la soirée de votre délicieuse amie, soyez généreuse et acceptez une invitation commune à l'une des meilleures tables de la ville. On tient parfaitement à trois dans mon cabriolet !

— Vous êtes très intuitif, il n'y a pas plus généreux que Zofia ! enchaîna Mathilde, pleine d'espoir que son amie soit accommodante.

Zofia se retourna avec l'intention de le remercier et de le congédier, mais elle fut aussitôt saisie par les yeux qui la dévisageaient. Tous deux se regardèrent longuement sans rien pouvoir se dire. Lucas aurait voulu parler, mais aucun son ne sortit de sa gorge. Silencieux, il scrutait les traits de ce visage féminin aussi troublant qu'inconnu. Elle n'avait plus la moindre goutte de salive dans la bouche, elle chercha une boisson à tâtons, il posa sa main sur le comptoir. Un croisement de gestes maladroits fit glisser le verre, qui roula sur le tablier de zinc et se brisa au sol en sept éclats. Zofia se baissa pour ramasser avec précaution trois des morceaux de verre, Lucas s'agenouilla pour l'aider et s'empara des quatre autres. En se relevant ils ne se quittèrent toujours pas du regard.

Mathilde les avait observés tour à tour, elle intervint, agacée.

— Je vais balayer !

— Enlève ton tablier et allons-y, nous sommes très en retard, répondit Zofia en détournant le regard.

Elle salua Lucas d'un signe de tête et entraîna sans

ménagement son amie au-dehors. Sur le parking, Zofia pressa le pas. Après avoir ouvert la portière de Mathilde, elle s'installa à son tour et démarra en trombe.

— Mais qu'est-ce qui te prend ? demanda Mathilde, interloquée.

— Rien du tout !

Mathilde fit pivoter le rétroviseur central.

— Regarde ta tête et reformule-moi ton rien du tout !

La voiture filait le long du port. Zofia ouvrit sa fenêtre, un air glacial envahit l'habitacle, Mathilde frissonna.

— Cet homme est terriblement grave ! murmura Zofia.

— Je connaissais grand, petit, beau, laid, maigre, gros, poilu, imberbe, chauve, mais grave, là je t'avoue que tu me sèches !

— Alors je te demande de me faire confiance, je ne sais même pas comment le dire moi-même. Il est triste et semblait si tourmenté... jamais je n'ai....

— Eh bien, c'est le candidat parfait pour toi qui raffoles des âmes en peine. Tu vas certainement nous faire une petite fracture du ventricule gauche !

— Ne sois pas caustique !

— Ça, c'est quand même le monde à l'envers ! Je te demande un avis impartial sur un homme que je trouve craquant comme un petit Lu. Tu ne le regardes même pas, mais tu me le descends d'une flèche que Geronimo aurait pu tailler en personne. Et lorsque tu daignes enfin te retourner, tu colles tes yeux dans les siens comme une ventouse qui voudrait déboucher le lavabo de ma salle de bains. Mais, à part ça, je n'ai pas le droit d'être caustique !

— Tu n'as rien ressenti, Mathilde ?

— Si, *Habit Rouge* si tu veux tout savoir, et comme on en trouve que chez Macy's*, côté élégance je pensais que c'était plutôt bon signe.

— Tu ne t'es pas rendu compte à quel point il avait l'air sombre ?

— C'est dehors qu'il fait sombre, allume tes phares, on va avoir un accident !

Mathilde resserra le col de sa parka autour de sa nuque et ajouta :

— Bon, d'accord, sa veste était un peu sombre : mais coupe italienne en cashmere six fils, pardonne-moi du peu !

— Ce n'est pas de ça que je te parle.

— Tu veux que je te dise ? Je suis certaine que ce n'est pas le genre à porter n'importe quel caleçon.

Mathilde prit une cigarette et l'alluma. Elle ouvrit sa fenêtre et souffla une longue volute de fumée qui fila par la vitre ouverte.

— Quitte à mourir d'une pneumonie ! Bon, je te le concède, il y a caleçon et caleçon !

— Tu n'écoutes pas un mot de ce que je te dis ! reprit Zofia, préoccupée.

— Tu imagines le trouble pour la fille de Calvin Klein de voir le nom de son père écrit en grosses lettres quand un homme se déshabille devant elle !

— Tu l'avais déjà vu ? demanda Zofia, imperturbable.

---

* Chaîne de grands magasins de luxe.

– Peut-être au bar de Mario, mais je ne peux pas te le garantir. À cette époque les soirées où je voyais clair étaient plutôt rares...

– Mais tout ça c'est fini, c'est derrière toi maintenant, dit Zofia.

– Tu crois aux sensations de « déjà-vu » ?

– Peut-être, pourquoi ?

– Tout à l'heure, au bar... quand le verre lui a échappé des mains... j'ai vraiment eu l'impression qu'il tombait au ralenti.

– Tu as le ventre vide, je t'emmène dîner asiatique ! acheva Zofia.

– Je peux te poser une dernière question ?

– Bien sûr.

– Tu n'as jamais froid ? demanda Mathilde.

– Pourquoi ?

– Parce qu'avec un bâtonnet dans la bouche, je pourrais ressembler à un esquimau, ferme-moi cette vitre !

La Ford roulait vers l'ancienne chocolaterie de Ghirardelli Square. Au bout de quelques minutes de silence, Mathilde tourna le bouton de la radio et regarda la ville qui défilait. Au croisement de Colombus Avenue et de Bay Street, le port disparut de sa vue.

*

– Si vous voulez bien relever votre main pour que je puisse nettoyer mon comptoir !

Le patron du Fisher's Deli avait tiré Lucas de sa rêverie.

— Pardon ?

— Il y a du verre sous vos doigts, vous allez vous couper.

— Ne vous faites pas de souci pour moi. Qui était-ce ?

— Une jolie femme, ce qui est assez rare par ici !

— Oui, c'est pour ça que j'aime bien le quartier ! coupa Lucas aussi sec. Vous n'avez pas répondu à ma question.

— C'est ma barmaid qui vous intéresse ? Désolé, mais je ne donne pas d'information sur mon personnel, vous n'avez qu'à revenir et lui demander vous-même, elle reprend demain à dix heures.

Lucas plaqua sa main sur le comptoir en zinc. Les morceaux de verre explosèrent en mille éclats. Le propriétaire de l'établissement recula d'un pas.

— Je me fous complètement de votre serveuse ! Connaissez-vous la jeune femme qui est partie avec elle ? reprit Lucas.

— C'est une de ses amies, elle travaille à la sécurité du port, c'est tout ce que je peux vous dire.

D'un geste vif, Lucas s'empara du torchon fiché dans la ceinture du patron. Il épousseta sa paume qui étrangement n'avait pas la moindre égratignure. Puis il lança le morceau de chiffon dans la poubelle placée derrière le comptoir.

Le patron du Fisher's Deli fronça les sourcils.

— T'inquiète pas, mon vieux, dit Lucas en regardant sa main intacte. C'est comme pour marcher sur les braises, il y a un truc, il y a toujours un truc !

Puis il se dirigea vers la sortie. Sur le perron de

l'établissement, il ôta un minuscule éclat qui s'était fiché entre son index et son majeur.

Il avança vers le cabriolet, se pencha par-dessus la portière et en desserra le frein à main. La voiture qu'il avait volée glissa lentement vers la bordure du quai et bascula. Dès que la calandre pénétra dans les flots, le visage de Lucas s'éclaira d'un sourire, aussi intense que celui d'un enfant.

Pour lui, le moment où l'eau envahissait l'habitacle en entrant par la vitre (qu'il prenait toujours soin de laisser entrouverte) était un moment de pure joie. Mais ce qu'il préférait le plus, c'étaient les grosses bulles qui s'évadaient du pot d'échappement juste avant que la combustion ne s'étouffe. Quand elles éclataient à la surface, leurs « blob-blob » étaient irrésistibles.

Lorsque la foule se massa pour voir les feux arrière de la Camaro disparaître dans les eaux troubles du port, Lucas marchait déjà loin dans l'allée, mains dans les poches.

– Je crois que je viens de trouver une perle rare, murmura-t-il en s'éloignant. Si je ne gagne pas, ce serait bien le diable.

*

Zofia et Mathilde dînaient face à la baie, devant l'immense vitre qui surplombait Beach Street. « Notre meilleure table », avait précisé le maître d'hôtel eurasien d'un sourire qui ne cachait rien de sa denture proéminente. La vue était magnifique. À gauche, le Golden Gate, fier de ses ocres, rivalisait de beauté avec le Bay Bridge, le pont argenté d'un an son aîné. Devant elles, les mâts des voiliers se balançaient lentement dans l'enceinte de la marina à l'abri des grandes houles. Des allées de gravier parcellisaient les carrés de pelouse qui s'étendaient jusqu'à l'eau. Les promeneurs du soir les empruntaient, jouissant de la température clémente de ce début d'automne.

Le serveur déposa deux cocktails maison et une corbeille de chips de crevettes sur leur table. « Cadeau de la maison », dit-il en présentant les menus. Mathilde demanda à Zofia si elle était une habituée. Les prix lui semblaient très élevés pour une modeste employée de l'administration. Zofia répondit que le patron les invitait.

– Tu fais sauter les PV ?

– Juste un service rendu il y a quelques mois, rien du tout, je t'assure, rétorqua-t-elle, presque confuse.

– J'ai un petit contentieux avec tes rien du tout ! Quel genre de service ?

Zofia avait rencontré le propriétaire de l'établissement un soir, sur les docks. Il y marchait le long du quai, attendant que l'on dédouane une livraison de vaisselle en provenance de Chine.

La tristesse de son regard avait attiré l'attention de Zofia ; elle avait redouté le pire quand il s'était penché près du bord, fixant l'eau saumâtre pendant un long moment. Elle s'était approchée de lui et avait engagé la conversation ; il avait fini par lui confier que sa femme voulait le quitter après quarante-trois années de mariage.

— Quel âge a sa femme ? demanda Mathilde, intriguée.

— Soixante-douze ans !

— Et on pense à divorcer à soixante-douze ans ? questionna Mathilde en réprimant difficilement le rire qui la gagnait.

— Si ton mari ronfle depuis quarante-trois ans, tu peux y penser très fort, voire même toutes les nuits.

— Tu as ressoudé le couple ?

— Je l'ai convaincu de se faire opérer en lui promettant que cela ne lui ferait pas mal. Les hommes sont tellement douillets.

— Tu crois qu'il aurait vraiment sauté ?

— Il avait jeté son alliance à l'eau !

Mathilde leva les yeux au ciel, elle fut fascinée par le plafond du restaurant entièrement décoré de vitraux de chez Tiffany's. Il donnait à la salle un air de cathédrale. Zofia partageait son avis et lui resservit une bouchée de poulet.

Intriguée, Mathilde se passa la main dans les cheveux.

— C'est vrai, cette histoire de ronflement ?

Zofia la regarda et ne résista pas au sourire qui la gagnait.

— Non !

— Ah ! Alors qu'est-ce que nous fêtons ? demanda Mathilde en levant son verre.

Zofia parla vaguement d'une promotion dont elle avait fait l'objet le matin même. Non, elle ne changeait pas d'affectation et, non, elle n'était pas augmentée, et tout ne se ramenait pas non plus à des considérations matérielles. Si Mathilde voulait bien cesser de ricaner, elle pourrait peut-être lui expliquer que certaines tâches apportaient bien plus que de l'argent ou de l'autorité : une forme subtile d'achèvement personnel. Le pouvoir acquis sur soi-même au bénéfice – et non au détriment – des autres pouvait être très doux.

– Ainsi soit-il ! ricana Mathilde.

– Décidément, avec toi, ma vieille, je suis loin d'être au bout de mes peines, répliqua Zofia, dépitée.

Mathilde saisissait la bouteille de saké en bambou pour remplir leurs deux verres, lorsqu'en l'espace d'une seconde le visage de Zofia se métamorphosa. Elle agrippa le poignet de son amie et la souleva pratiquement de son fauteuil.

– Sors d'ici, fonce vers la sortie ! hurla Zofia.

Mathilde resta figée. Leurs voisins de table, tout aussi étonnés, regardèrent Zofia qui vociférait en tournoyant sur elle-même, à l'affût d'une menace invisible.

– Sortez tous, sortez aussi vite que vous le pouvez et éloignez-vous d'ici, dépêchez-vous !

L'assemblée hésitante la regardait, se demandant quelle mauvaise farce se jouait. Le gérant de l'établissement accourut vers Zofia, les mains jointes en un geste de supplication pour que celle qu'il considérait comme une amie cesse de perturber le bon ordre de son établissement. Zofia le prit énergiquement par les épaules et le supplia de faire évacuer la salle, sans attendre. Elle le conjura de lui faire confiance, c'était une question de secondes. Liu Tran n'était pas tout à fait un sage, mais son instinct ne lui avait jamais fait défaut. Il frappa deux coups secs dans ses mains et les quelques mots qu'il prononça en cantonais suffirent à animer un ballet de serveurs déterminés. Les hommes en livrée blanche tiraient en arrière les chaises des convives qu'ils guidaient prestement vers les trois sorties de l'établissement.

Liu Tran resta au milieu de la salle qui se vidait. Zofia l'entraîna par le bras vers une des issues, mais il résista, avisant Mathilde, pétrifiée à quelques mètres d'eux. Elle n'avait pas bougé.

– Je sortirai le dernier, dit Liu au moment même où un aide-cuisinier courait hors de la cuisine en hurlant.

Une explosion d'une violence inouïe souffla les lieux. Le lustre monumental fut disloqué par l'onde de choc qui ravagea la salle ; il tomba lourdement sur le sol. Le mobilier semblait comme aspiré au travers de la grande baie dont les vitres pulvérisées s'éparpillaient sur la chaussée en contrebas. Des milliers de petits cristaux rouges, verts et bleus pleuvaient sur les décombres. L'âcre fumée grise qui envahissait la salle à manger s'éleva en épaisses volutes par la façade béante. Au grondement qui suivit le cataclysme succéda un silence étouffant. Garé en contrebas, Lucas referma la vitre de la nouvelle voiture qu'il avait volée une heure plus tôt. Il avait une sainte horreur de la poussière et plus encore que les choses ne se passent pas comme il les avait prévues.

Zofia repoussa le buffet massif qui s'était couché sur elle. Elle se frotta les genoux et enjamba une desserte retournée. Elle observa le désordre qui s'étendait autour d'elle. Sous le squelette du grand luminaire, dégarni de tous ses apparats, gisait le restaurateur, la respiration saccadée et difficile. Zofia se précipita vers lui. Liu grimaçait, terrassé par la douleur. Le sang affluait dans ses poumons, comprimant un peu plus son cœur à chaque inspiration. Au loin, les sirènes des pompiers se faisaient écho dans les rues de la ville.

Zofia supplia Liu de tenir bon.

– Vous êtes inestimable, soupira le vieux Chinois.

Elle prit sa main ; Liu saisit la sienne et la posa sur son torse qui sifflait comme un pneu percé. Même mal en point, ses yeux savaient lire la vérité. Il trouva quelques forces ultimes pour murmurer que, grâce à Zofia, il n'était pas inquiet. Il savait que, dans son grand sommeil éternel, il ne ronflerait pas. Il ricana, provoquant une quinte de toux.

– Quelle chance pour mes futurs voisins ! Ils vous doivent beaucoup !

Un reflux de sang émergea de sa bouche, s'écoulant sur sa joue pour venir se fondre au rouge du tapis. Le sourire de Liu se raidit.

– Je pense qu'il faut vous occuper de votre amie, je ne l'ai pas vue sortir.

Zofia regarda tout autour d'elle mais ne vit aucune trace de Mathilde ni d'aucun autre corps.

– Près de la porte, sous le vaisselier, supplia Liu en toussant une nouvelle fois.

Zofia se releva. Liu la retint par le poignet et plongea ses yeux dans les siens.

– Comment avez-vous su ?

Zofia contempla l'homme, les derniers rayons de vie s'échappaient de ses prunelles dorées.

– Vous le comprendrez dans quelques instants.

Alors, le visage de Liu s'éclaira d'un immense sourire, et tout son être s'apaisa.

– Merci pour cette marque de confiance.

Ce furent là les dernières paroles de Mr. Tran. Ses pupilles devinrent aussi infimes que la pointe d'une aiguille, ses paupières cillèrent et sa joue s'abandonna au creux de la main de sa toute dernière cliente. Zofia lui caressa le front.

– Pardonnez-moi de ne pas vous accompagner, dit-elle en reposant doucement la tête inerte du restaurateur.

Elle se releva, écarta une petite commode qui gisait les quatre pieds en l'air et se dirigea vers le grand meuble couché. De toutes ses forces, elle le repoussa et découvrit Mathilde, inconsciente, une grande fourchette à canard plantée dans la jambe gauche.

Le faisceau de la lampe du pompier balaya le sol, ses pas crépitaient sur les gravats. Il s'approcha des deux femmes et décrocha aussitôt l'émetteur-récepteur du holster accroché à son épaule pour annoncer qu'il avait trouvé deux victimes.

– Une seule ! reprit Zofia en s'adressant à lui.

– Tant mieux, dit un homme, en veston noir, qui scrutait au loin les décombres.

Le chef des pompiers haussa les épaules.

– C'est probablement un agent fédéral. Maintenant, ils arrivent presque avant nous quand ça explose quelque part, ronchonna-t-il en apposant un masque à oxygène sur le visage de Mathilde.

Il s'adressa à l'un de ses équipiers qui venait de les rejoindre :

– Elle a une jambe fracturée, peut-être un bras aussi, elle est inconsciente. Préviens les paramédicaux pour qu'ils l'évacuent tout de suite.

Il désigna le corps de Tran.

– Et lui là-bas, comment est-il ?

– Il est trop tard ! répondit l'homme au complet-veston, depuis l'autre bout de la salle.

Zofia tenait Mathilde dans ses bras et tâchait d'étouffer la tristesse qui noyait sa gorge.

– Tout ça est ma faute, je n'aurais pas dû nous amener ici.

Elle regarda le ciel par la fenêtre éclatée, sa lèvre inférieure tremblotait.

– Ne la reprenez pas maintenant ! Elle pouvait y arriver, elle était sur la bonne voie. Nous étions convenus de quelques mois avant de décider de quoi que ce soit. Une parole est une parole !

Étonnés, les deux ambulanciers qui s'étaient approchés d'elle lui demandèrent si tout allait bien. Elle les rassura d'un simple mouvement de la tête. Ils lui proposèrent de l'oxygène, elle n'en voulait pas. Ils la prièrent alors de s'écarter, elle recula de quelques pas et les deux sauveteurs déposèrent Mathilde sur une civière et se dirigèrent aussitôt vers la sortie. Zofia avança jusqu'à ce qui restait de la baie vitrée. Elle ne quitta pas des yeux le corps de son amie qui disparaissait dans l'ambulance. Les tourbillons des gyrophares rouges et orange de l'unité 02 s'estompèrent au son de la sirène qui s'éloignait vers le San Francisco Memorial Hospital.

– Ne culpabilisez pas, ça nous arrive à tous d'être au mauvais endroit et au mauvais moment, c'est le destin !

Zofia sursauta. Elle avait reconnu la voix grave de celui qui tentait de la réconforter aussi gauchement. Lucas s'approchait d'elle en plissant les yeux.

– Qu'est-ce que vous faites là ? demanda-t-elle.

– Je croyais que le commandant des pompiers vous l'avait déjà dit, répondit-il en ôtant sa cravate.

– ... Et comme tout semble indiquer qu'il s'agit d'une banale explosion de gaz en cuisine ou au pire d'une affaire criminelle, le gentil agent fédéral va pouvoir rentrer chez lui et laisser faire les généralistes. Les milieux terroristes n'ont aucune raison de chasser le canard à l'orange !

La voix aussi éraillée que bourrue de l'inspecteur de police avait interrompu leur conversation.

– À qui avons-nous l'honneur ? demanda Lucas d'un ton persifleur qui trahissait son agacement.

– À l'inspecteur Pilguez de la police de San Francisco, lui répondit Zofia.

– Je suis content que cette fois vous me reconnaissiez ! dit Pilguez à Zofia, ignorant totalement la présence de Lucas. À l'occasion, vous m'expliquerez votre petit numéro de ce matin.

– Je ne souhaitais pas que nous ayons à expliquer les circonstances de nos premières rencontres, pour protéger Mathilde, ajouta Zofia. Les ragots se diffusent plus vite que la brume sur les docks.

– Je vous ai fait confiance en la laissant sortir plus

tôt que prévu, alors je vous remercierais d'en faire autant à mon sujet. Le tact n'est pas forcément interdit dans la police ! Cela étant dit, vu l'état de la petite, on aurait peut-être mieux fait de la laisser purger sa peine.

– Jolie définition du tact, inspecteur ! reprit Lucas en les saluant tous deux.

Il traversa l'ouverture béante où gisaient les restes de la double porte monumentale expédiée d'Asie à grands frais.

Avant de regagner son véhicule, Lucas apostropha Zofia de la rue.

– Je suis désolé pour votre amie.

Sa Chevrolet noire disparut quelques secondes plus tard à l'intersection de Beach Street.

Zofia ne pouvait fournir aucun éclaircissement à l'inspecteur. Seul un terrible pressentiment l'avait conduite à presser tous les occupants de quitter l'établissement. Pilguez lui fit remarquer que ses explications étaient un peu légères au regard du nombre de vies qu'elle venait de sauver. Zofia n'avait rien d'autre à ajouter. Peut-être avait-elle détecté inconsciemment l'odeur de gaz qui s'échappait dans le faux plafond de la cuisine. Pilguez grogna : les dossiers tordus où l'inconscient avait son mot à dire avaient une fâcheuse tendance à s'attacher à lui ces dernières années.

– Prévenez-moi quand vous aurez établi les conclusions de votre enquête, j'ai besoin de savoir ce qui s'est passé.

Il la laissa libre de quitter les lieux. Zofia retourna à sa voiture. Le pare-brise était fendu de part et d'autre, et la carrosserie marron repeinte d'un gris poussière parfaitement uniforme. Sur la route qui la conduisait vers les urgences, elle croisa plusieurs camions de pompiers qui continuaient à affluer vers les lieux du drame. Elle gara la Ford, traversa le parking et entra dans le sas. Une infirmière vint à sa rencontre et lui indiqua que Mathilde était en salle d'examen. Zofia remercia la jeune femme et prit place sur une des banquettes vides de la salle d'attente.

*

Lucas klaxonna de deux coups impatients. Assis dans sa guérite, le gardien appuya sur un bouton sans détourner le regard du petit écran : les Yankees menaient confortablement. La barrière se souleva et la Chevrolet avança, feux éteints, jusqu'au bord de la jetée. Lucas ouvrit sa fenêtre et jeta le mégot de sa cigarette. Il amena le levier de vitesse sur la position neutre et sortit du véhicule en laissant tourner le moteur. D'un coup de pied sur le pare-chocs arrière, il donna l'impulsion juste nécessaire pour que la voiture glisse en avant et bascule du quai. Les mains sur les hanches, il contempla la scène, ravi. Quand la dernière bulle d'air eut éclaté, il se retourna et marcha joyeusement en direction du parking. Une Honda couleur olive semblait n'attendre que lui. Il en crocheta la serrure, ouvrit le capot, arracha la trompe de l'alarme et la lança au loin. Il s'installa et contempla, peu enthousiaste, l'intérieur en plastique. Il sortit son trousseau de clés et choisit celle

71

qui lui paraissait le mieux convenir. Le moteur au son aigu se mit à tourner aussitôt.

— Une japonaise verte, on aura tout vu ! maugréa-t-il en desserrant le frein à main.

Lucas regarda sa montre, il était en retard et il accéléra. Assis sur un plot d'amarrage, un clochard nommé Jules haussa les épaules en regardant la voiture s'éloigner, un ultime « blob » mourut à la surface.

*

— Elle va s'en tirer ?

C'était la troisième fois de la soirée que la voix de Lucas la faisait sursauter.

— J'espère, répondit-elle, le regardant de pied en cap. Qui êtes-vous exactement ?

— Lucas. Désolé et enchanté à la fois, dit-il en tendant la main.

C'était bien la première fois que Zofia ressentait la fatigue peser sur elle. Elle se leva et se dirigea vers le distributeur de café.

— Vous en voulez un ?

— Je ne bois pas de café, répondit Lucas.

— Moi non plus, dit-elle, contemplant la pièce de vingt cents qu'elle faisait tourner dans le creux de sa main. Qu'est-ce que vous faites ici ?

— Comme vous, répliqua Lucas, je suis venu voir comment elle allait.

— Pourquoi ? demanda Zofia en rangeant la pièce dans sa poche.

— Parce que je dois faire un rapport et que pour

l'instant, dans la case « victimes », j'ai mis le chiffre 1, alors je viens vérifier s'il faut ou non que j'amende l'information. J'aime bien remettre mes comptes rendus le jour même, j'ai une sainte horreur du retard.

– Je me disais bien aussi !

– Vous auriez mieux fait d'accepter mon invitation à dîner, nous n'en serions pas là !

– Vous avez bien fait de parler de tact tout à l'heure, vous avez l'air de vous y connaître !

– Elle ne sortira du bloc que tard dans la nuit, ça fait des sacrés dégâts une fourchette à canard quand elle est plantée dans un magret humain. Ils en ont pour des heures à recoudre tout ça, je peux vous emmener à la cafétéria d'en face ?

– Non, vous ne pouvez vraiment pas !

– Comme vous voudrez, attendons ici, c'est moins sympathique, mais si vous préférez... Dommage !

Ils étaient assis dos à dos sur les banquettes depuis plus d'une heure lorsque le chirurgien apparut enfin au bout du couloir. Il ne fit pas claquer ses gants en latex (depuis toujours les chirurgiens s'en débarrassaient en sortant du bloc opératoire et les jetaient dans les poubelles disposées à cet effet). Mathilde était hors de danger, l'artère n'avait pas été touchée. Le scanner ne révélait aucune trace de traumatisme crânien. La colonne vertébrale était intacte.

Mathilde avait deux fractures non déplacées, une à la jambe, l'autre au bras, et quelques points de suture. On était en train de la plâtrer. Une complication était toujours possible, mais le médecin était confiant. Il souhaitait néanmoins qu'elle reste au repos complet au cours des prochaines heures. Il remercia Zofia d'avertir ses proches qu'aucune visite ne serait autorisée avant le matin.

— Ce sera vite fait, dit-elle, il n'y a que moi.

Elle communiqua à la responsable de l'étage le numéro d'appel de son beeper. En sortant, Zofia passa devant Lucas et, sans lui adresser un regard, elle l'informa qu'il n'aurait pas à raturer son procès-verbal. Elle disparut dans le tourniquet du sas. Lucas la rejoignit sur le parking désert, elle cherchait encore ses clés.

— Si vous pouviez arrêter de me faire sursauter, je vous en serais très reconnaissante, lui dit-elle.

— Je crois que nous avons mal commencé, reprit Lucas d'une voix douce.

— Commencé quoi ? rétorqua-t-elle.

Lucas hésita avant de répondre :

— Disons que je suis parfois un peu direct dans mes propos, mais je me réjouis sincèrement que votre amie s'en sorte.

— Eh bien, nous aurons au moins partagé quelque chose aujourd'hui, comme quoi tout est possible ! Maintenant si vous vouliez bien me laisser ouvrir ma portière...

— Et si nous allions aussi partager un café... s'il vous plaît ?

Zofia resta muette.

— Mauvaise pioche ! poursuivit Lucas. Vous n'en buvez pas et moi non plus ! Un jus d'orange peut-être ? Ils en servent d'excellents, juste en face.

— Pourquoi avez-vous tellement envie de vous désaltérer en ma compagnie ?

— Parce que je viens d'arriver en ville et que je ne connais vraiment personne. J'ai passé trois ans d'une extrême solitude à New York, ce qui n'a rien de très original. La Grande Pomme* m'a rendu peu disert, mais je suis résolu à changer.

Zofia inclina la tête et scruta Lucas.

— Bon, je recommence tout, dit-il. Oubliez New York, ma solitude et le reste aussi d'ailleurs. Je ne sais pas pourquoi j'ai tant envie de prendre un verre avec vous. En fait, je m'en fiche du verre, j'ai envie de vous connaître. Voilà, je vous ai dit la vérité. Ce serait une bonne action de votre part de dire oui.

Zofia regarda sa montre et hésita quelques secondes. Elle sourit et accepta l'invitation. Ils traversèrent la rue et entrèrent dans le Krispy Kreme. Le petit établissement sentait bon la pâtisserie chaude, une plaque de beignets sortait tout juste du four. Ils s'attablèrent devant la vitrine. Zofia ne mangea pas mais regardait Lucas, perplexe. Il avait englouti sept beignets au sucre glacé en moins de dix minutes.

— Dans la liste des péchés capitaux, la gourmandise ne vous a pas traumatisé à ce que je vois ? dit-elle, l'œil amusé.

— C'est d'un ridicule ces histoires de péchés..., répondit-il en suçant ses doigts, des trucs de moine. Une journée sans beignet, c'est pire qu'une journée de beau temps !

— Vous n'aimez pas le soleil ? lui demanda-t-elle, étonnée.

— Ah mais, j'adore ça ! Il y a les brûlures et les

---

* Surnom donné à la ville de New York.

cancers de la peau ; les hommes crèvent de chaud, étranglés par leur cravate ; les femmes sont terrorisées à l'idée que leur maquillage fonde, tout le monde finit par attraper la crève à cause des climatiseurs qui trouent la couche d'ozone ; la pollution augmente et les animaux meurent de soif, sans parler des vieilles personnes qui suffoquent. Ah non, pardonnez-moi ! Le soleil n'est pas du tout l'invention de celui qu'on croit.

– Vous avez une étrange conception des choses.

Zofia s'intéressa plus attentivement aux propos de Lucas lorsqu'il dit d'un ton grave qu'il fallait être honnête lorsque l'on qualifiait le mal et le bien. L'ordonnancement des mots intrigua Zofia. Lucas avait cité à plusieurs reprises le mal avant le bien... d'ordinaire les gens faisaient l'inverse.

Une idée traversa son esprit. Elle le soupçonna d'être un Ange Vérificateur venu contrôler le bon déroulement de sa mission. Elle en avait souvent rencontré sur des opérations moins ambitieuses. Plus Lucas parlait, plus l'hypothèse lui semblait vraisemblable, tant il était provocateur. Achevant son neuvième beignet, il annonça, la bouche à moitié pleine, qu'il adorerait la revoir. Zofia sourit. Il régla la note et tous deux sortirent.

Sur le parking désert, Lucas leva la tête.

– Un peu frais mais sublime ciel, n'est-ce pas ?

Elle avait accepté son invitation à dîner pour le lendemain. Si, par le plus grand des hasards, tous deux travaillaient pour la même maison, celui qui avait voulu la tester serait servi : elle comptait bien s'en donner à cœur joie. Zofia reprit sa voiture et rentra chez elle.

Elle se gara devant la maison et prit garde de ne pas faire de bruit en gravissant le perron. Aucune lumière ne traversait l'entrée, la porte de Reine Sheridan était close.

Avant d'entrer dans la maison elle leva les yeux, il n'y avait ni nuage ni étoile au firmament.

Il y eut un soir, il y eut un matin...

Deuxième Jour

Mathilde s'était éveillée à l'aube. On l'avait descendue au cours de la nuit dans une chambre où l'ennui perçait déjà. Depuis quinze mois, l'hyperactivité avait été son seul remède pour se guérir des scories d'une autre vie où le cocktail malin de désespoirs et de drogues avait presque eu raison d'elle. Le néon qui grésillait au-dessus de sa tête lui rappelait les longues heures passées à lutter contre le manque, qui en son temps corrompait ses entrailles en indicibles algies. Mémoire de jours dantesques où Zofia, qu'elle appelait son ange gardien, devait retenir ses mains. Pour survivre, elle mutilait son corps, le griffait à s'en arracher la peau pour inventer de nouvelles blessures qui dilueraient les châtiments insoutenables des plaisirs révolus.

Il lui semblait parfois ressentir encore à l'arrière de son crâne le lancinement des hématomes, conséquence des multiples coups qu'elle s'assenait au fond des nuits abandonnées à des souffrances ultimes. Elle regarda le creux de son coude, les stigmates des piqûres s'en étaient effacés semaine après semaine, signe de rédemption. Seul un ultime petit point violacé subsistait encore au trait d'une veine, comme un rappel de là où la mort lente était entrée. Zofia poussa la porte de sa chambre.

— Juste à temps, dit-elle en déposant un bouquet de pivoines sur la table de nuit.

— Pourquoi juste à temps ? demanda Mathilde.

— J'ai vu ta tête en entrant, la météo de ton moral avait l'air de virer au variable, tendance orage. Je vais aller demander un vase aux infirmières.

— Reste auprès de moi, dit Mathilde d'une voix effacée.

— Les pivoines sont presque aussi impatientes que toi, elles ont besoin de beaucoup d'eau, ne bouge pas, je reviens.

Seule dans sa chambre, Mathilde contemplait les fleurs. De son bras valide, elle caressa les corolles soyeuses. Les pétales de pivoine avaient la texture d'un pelage de chat, Mathilde adorait les félins. Zofia interrompit sa rêverie en revenant, les bras chargés d'un seau.

— C'est tout ce qu'elles avaient ; ce n'est pas très grave, ce ne sont pas des fleurs snobs.

— Ce sont mes préférées.

— Je sais.

— Comment tu as fait pour en trouver en cette saison ?

— Secret !

Zofia contempla la jambe plâtrée de son amie puis l'attelle qui immobilisait son bras. Mathilde surprit son regard.

— Tu n'y es pas allée de main morte avec ton briquet ! Qu'est-ce qu'il s'est passé exactement là-bas ? Je ne me souviens de presque rien. Nous parlions, tu t'es levée, moi pas, et puis ensuite un immense trou noir.

— Non... une fuite de gaz dans le faux plafond de l'office ! Combien de temps devras-tu rester ici ?

Les médecins auraient accepté de laisser Mathilde sortir dès le lendemain, mais elle n'avait pas les moyens de faire appel à une assistance à domicile et son état la privait de toute autonomie. Lorsque Zofia s'apprêta à repartir, Mathilde fondit en larmes.

— Ne me laisse pas ici, cette odeur de désinfectant me rend folle. J'ai assez payé, je te le jure. Je n'y arriverai plus. J'ai tellement la trouille de replonger que je fais semblant d'avaler les calmants qu'ils me donnent. Je sais que je suis un poids pour toi, mais sors-moi de là, Zofia, maintenant !

Zofia retourna au chevet de son amie et lui caressa le front pour chasser les spasmes de chagrin qui agitaient son corps. Elle lui promit de faire de son mieux pour trouver une solution, au plus vite. Elle repasserait la voir en fin de soirée.

En sortant de l'hôpital, Zofia fila vers les docks, sa journée était chargée. Le temps passait vite : elle avait une mission à accomplir, et quelques protégés qu'il n'était pas question d'abandonner. Elle partit rendre visite à son vieil ami errant. Jules avait quitté le monde sans avoir jamais identifié le chemin qui l'avait conduit sous l'arche n° 7 où il avait élu domicile non fixe... Juste une série de terribles mauvais tours que la vie lui avait joués. Une compression de personnel avait marqué le terme de sa carrière. Une simple lettre était venue lui annoncer qu'il ne faisait plus partie de la grande compagnie qui avait été toute son existence.

À cinquante-huit ans on est encore très jeune... et même si les sociétés de cosmétiques juraient qu'à l'approche de la soixantaine la vie était encore devant soi pour peu que l'on prenne soin de son capital esthétique, leurs propres départements de ressources humaines n'en étaient que peu convaincus lorsqu'ils réévaluaient le plan de carrière de leurs cadres. C'est ainsi que Jules Minsky s'était retrouvé au chômage. Un agent de sécurité avait confisqué son badge à l'entrée de l'immeuble où il avait passé plus de temps que dans sa propre maison. Sans lui adresser une seule parole, l'homme en uniforme l'avait accompagné jusqu'à son bureau. Sous les regards silencieux de ses collègues, il avait dû ranger ses affaires. Par un jour de pluie sinistre, Jules s'en était allé, un petit carton sous le bras pour unique bagage, après trente-deux années de fidèles servitudes.

La vie de Jules Minsky, statisticien et féru de mathématiques appliquées, se résumait pourtant en une arithmétique très imparfaite : addition de week-ends passés sur des dossiers au détriment de sa propre vie ; division subie au profit du pouvoir de ceux qui l'employaient (on était fier de travailler pour eux, on formait une grande famille où chacun avait son rôle à jouer à condition de tenir sa place) ; multiplication d'humiliations et d'idées ignorées par quelques autorités illégitimes aux pouvoirs inégalement acquis ; soustraction, enfin, du droit de finir sa carrière dans la dignité. Semblable à la quadrature du cercle, l'existence de Jules se réduisait à une équation d'insolubles iniquités.

Au cours de son enfance, Jules aimait à traîner près de la décharge de ferraille où une presse immense compressait les carcasses des vieilles voitures. Pour chasser les solitudes qui hantèrent ses nuits, il avait souvent imaginé la vie du jeune cadre nanti qui avait ruiné la sienne en l'« évaluant » bon pour la casse. Ses cartes de crédit s'étaient effacées à l'automne, son compte en banque n'avait pas survécu à l'hiver, il avait quitté sa maison au printemps. L'été suivant, il avait sacrifié un immense amour en emportant sa fierté dans un dernier voyage. Sans même s'en rendre compte, le dénommé Jules Minsky, cinquante-huit ans, était revenu élire domicile non fixe sous l'arche n° 7 du quai 80 du port marchand de San Francisco. Il pourrait bientôt y fêter dix années de belles étoiles. Il se plaisait à raconter à qui pouvait l'entendre que, le jour de son grand départ, il ne s'était vraiment rendu compte de rien.

Zofia avisa la cicatrice qui suintait sous l'accroc du pantalon en tweed au motif prince-de-galles.

— Jules, vous devez aller faire soigner cette jambe !

— Ah, ne recommence pas, s'il te plaît, elle va très bien ma jambe !

— Si on ne nettoie pas cette plaie, elle sera gangrenée dans moins d'une semaine et vous le savez très bien !

— J'ai déjà vécu la pire des gangrènes, ma jolie,

alors une de plus, une de moins ! Et puis, depuis le temps que je demande à Dieu de venir me rechercher, il faut bien que je le laisse faire. Si je me soigne à chaque fois que j'ai quelque chose de travers, à quoi ça sert d'implorer de partir de cette foutue terre ! Alors tu vois, ce bobo, c'est mon ticket gagnant pour l'ailleurs.

— Qui vous met des idées aussi stupides dans la tête ?

— Personne, mais il y a un jeune gars qui traîne par ici et qui est tout à fait d'accord avec moi. J'aime bien discuter avec lui. Quand je le vois, c'est mon reflet dans un miroir passé. Il s'habille avec le même genre de costume que ceux que je portais avant que mon tailleur n'ait le vertige en découvrant les abîmes de mes poches. Je lui prêche la bonne parole, lui la mauvaise, on fait un peu de troc, tu vois, et moi je me distrais.

Ni mur ni toit, personne à haïr, pas plus de nourriture devant la porte que de barreaux qu'on rêverait de scier... La condition de Jules Minsky avait été pire que celle d'un prisonnier. Rêver pouvait devenir un luxe quand on luttait pour sa survie. Le jour, il fallait chercher de la nourriture dans les décharges, l'hiver, marcher sans cesse pour lutter contre l'alliance mortelle du sommeil et du froid.

— Jules, je vous conduis au dispensaire !

— Je croyais que tu travaillais à la sécurité du port, pas à l'Armée du Salut !

Zofia tira de toutes ses forces sur le bras du clochard pour l'aider à se relever. Il ne lui facilita pas la tâche mais finit bon gré mal gré par l'accompagner jusqu'à sa voiture. Elle lui ouvrit la portière, Jules passa sa main dans sa barbe, hésitant. Zofia le regarda, silencieuse. Les rides magnifiques autour de ses prunelles azur composaient les fortins d'une âme riche d'émotions. Autour de sa bouche épaisse et souriante se dessinaient d'autres calligraphies, celles d'une existence où la pauvreté n'était que celle de l'apparence.

– Ça ne va pas sentir très bon dans ton carrosse. Avec cette foutue guibole, je n'ai pas pu aller jusqu'aux douches ces derniers jours !

– Jules, si l'on dit que l'argent n'a pas d'odeur, pourquoi un peu de misère en aurait-elle ? Arrêtez de discuter et montez !

Après avoir confié son passager aux soins du dispensaire, elle redescendit vers les docks. En chemin, elle fit un crochet pour rendre visite à Miss Sheridan : elle avait un précieux service à lui demander. Elle la trouva sur le pas de sa porte. Reine avait quelques courses à faire et, dans cette ville réputée pour ses rues pentues où chaque pas est un défi pour une personne âgée, rencontrer Zofia à cette heure inhabituelle relevait du miracle. Zofia la pria de s'installer dans la voiture et monta en courant à son appartement. Elle entra chez elle, jeta un coup d'œil à son répondeur téléphonique qui n'avait enregistré aucun message et redescendit aussitôt. En chemin, elle se confia à Reine, qui accepta de recevoir Mathilde jusqu'à ce qu'elle se rétablisse. Il faudrait trouver un moyen de la hisser jusqu'à l'étage et quelques bonnes paires de bras pour descendre le lit métallique remisé au grenier.

*

Confortablement installé dans la cafétéria du 666 Market Street, Lucas griffonnait quelques calculs à même la table en formica, prenant possession de son tout nouvel emploi au sein du plus grand groupe immobilier de Californie. Il trempait son septième croissant dans une tasse de café crème, penché sur l'ouvrage passionnant qui racontait comment s'était développée la Silicon Valley : *Une vaste bande de terres, devenues en trente ans la plus stratégique zone de hautes technologies, baptisée le poumon de l'informatique du monde.* Pour ce spécialiste du changement d'identité, se faire embaucher avait été d'une simplicité déconcertante, il prenait déjà un plaisir fou à la préparation de son plan machiavélique.

La veille, dans l'avion de New York, la lecture d'un article du *San Francisco Chronicle* sur le groupe immobilier A&H avait illuminé l'œil de Lucas : la physionomie rondouillarde de son vice-président s'offrait sans retenue à l'objectif du photographe. Ed Heurt, le H de A&H, excellait dans l'art de se pavaner d'interview en conférence de presse, vantant sans relâche les incommensurables contributions de son groupe à l'essor économique de la région. L'homme, qui ambitionnait depuis vingt ans une carrière de député, ne ratait jamais une cérémonie officielle. Il s'apprêtait à inaugurer en grand tralala dominical l'ouverture officielle de la pêche au crabe.

C'est à cette occasion que Lucas avait croisé la route d'Ed Heurt.

L'impressionnant carnet d'adresses influentes dont Lucas avait habilement nourri la conversation lui avait valu le poste de conseiller à la vice-présidence, aussitôt créé pour lui. Les rouages de l'opportunisme n'avaient aucun secret pour Ed Heurt et l'accord fut scellé avant que le numéro deux du groupe n'eût achevé d'engloutir une pince de crabe, généreusement trempée dans une mayonnaise au safran, qui tacha tout aussi généreusement le plastron de son smoking.

Il était onze heures ce matin et, dans une heure, Ed présenterait Lucas à son associé, Antonio Andric, le président du groupe.

Le A de A&H dirigeait d'une main de fer dans un gant de velours le vaste réseau commercial qu'il avait su mailler au fil des années. Un sens inné de l'immobilier, une assiduité inégalable au travail avaient permis à Antonio Andric de développer un immense empire qui employait plus de trois cents agents et presque autant de juristes, comptables et assistantes.

Lucas hésita avant de renoncer à une huitième viennoiserie. Il claqua du pouce et de l'index pour commander un cappuccino. Mâchouillant son feutre noir, il compulsa ses feuillets et continua de réfléchir. Les statistiques qu'il avait empruntées au département informatique de A&H étaient éloquentes.

S'accordant finalement un petit pain au chocolat, il conclut qu'il était impossible de louer, vendre ou acheter le moindre immeuble ou parcelle de terrain dans toute la vallée sans traiter avec le groupe qui l'employait depuis la veille au soir. La plaquette publicitaire et son ineffable slogan : « L'immobilier intelligent » lui permirent d'affiner ses plans.

A&H était une entité à deux têtes, son talon d'Achille se situait à la jonction des deux cous de l'hydre. Il suffirait que les deux cerveaux de l'organisation aspirent au même air pour en venir à s'étouffer mutuellement. Qu'Andric et Heurt se disputent la barre du navire, et le groupe ne tarderait pas à dériver. Le naufrage brutal de l'empire A&H attiserait vite l'appétit des grands propriétaires, entraînant la déstabilisation du marché immobilier dans une vallée où les loyers étaient des piliers fondamentaux de la vie économique. Les réactions des places financières ne se feraient pas attendre et les entreprises de la région seraient vite asphyxiées.

Lucas compulsa quelques données pour établir ses hypothèses : la plus probable était qu'un grand nombre d'entreprises ne survivraient pas à l'augmentation de leurs loyers et à la baisse de leurs cotations. Même en étant pessimiste, les calculs de Lucas laissaient prévoir qu'au moins dix mille personnes perdraient leur emploi ; un chiffre suffisant pour faire imploser l'économie de toute la région et provoquer la plus belle embolie que l'on n'ait jamais imaginée, celle du *poumon de l'informatique du monde.*

Les milieux financiers n'ayant d'égale à leurs certitudes passagères que leur frilosité permanente, les milliards qui se jouaient à Wall Street sur les entreprises de haute technologie se volatiliseraient en quelques semaines, infligeant un superbe infarctus au cœur du pays.

– La mondialisation a quand même du bon ! dit Lucas à la serveuse qui lui porta cette fois un chocolat chaud.

– Pourquoi, c'est avec un produit coréen que vous comptez nettoyer vos cochonneries ? répondit-elle, dubitative, en regardant les graffitis sur la table.

– J'effacerai tout en partant ! grommela-t-il en reprenant le cheminement de sa pensée.

Puisqu'on laissait entendre que le seul froissement des ailes d'un papillon pouvait donner naissance à un cyclone, Lucas démontrerait que ce théorème pouvait s'appliquer en économie. La crise américaine ne tarderait pas à se propager en Europe et en Asie. A&H serait son papillon, Ed Heurt son froissement d'aile, et les docks de la ville pourraient bien être le théâtre de sa victoire.

Après avoir méthodiquement raturé le formica avec une fourchette, Lucas sortit de la cafétéria et contourna l'immeuble. Il repéra dans la rue un coupé Chrysler dont il crocheta la serrure. Au feu, il actionna la capote électrique qui se replia dans son habitacle. En descendant la rampe de parking de ses nouveaux bureaux, Lucas prit son téléphone portable. Il s'immobilisa devant le voiturier et lui fit un signe amical de la main pour qu'il patiente, le temps de terminer sa communication. D'une voix ostentatoire, il confiait à un interlocuteur imaginaire avoir surpris Ed Heurt prêcher à une ravissante journaliste que la vraie tête du groupe, était lui, et son associé seulement les jambes ! Lucas enchaîna d'un formidable éclat de rire, ouvrit sa portière et tendit ses clés au jeune homme, qui lui fit remarquer que le barillet était endommagé.

– Je sais, dit Lucas, l'air contrit, on n'est plus en sécurité nulle part !

Le voiturier, qui n'avait pas perdu un mot de la conversation, le regarda s'éloigner en direction du hall de l'immeuble. Il alla garer la décapotable d'une main experte et reconnue... c'était à lui et à personne d'autre que l'assistante personnelle d'Antonio Andric confiait chaque jour le soin de garer son 4×4. La rumeur mit deux heures à grimper jusqu'au neuvième et dernier étage du 666 Market Street, le prestigieux siège social de A&H : la pause-déjeuner avait freiné sa progression. À treize heures dix-sept, Antonio Andric entrait ivre de rage dans le bureau d'Ed Heurt, à treize heures vingt-neuf, le même Antonio ressortait du bureau de son associé en claquant la porte. Il cria sur le palier que « les jambes » allaient se détendre sur un terrain de golf et que les « méninges » n'avaient qu'à assurer à sa place le comité mensuel des directeurs commerciaux.

Lucas adressa un regard complice au voiturier en reprenant son cabriolet. Il n'avait rendez-vous avec son employeur que dans une heure, ce qui lui laissait le temps de faire une petite course de rien du tout. Il avait une envie folle de changer de voiture, et pour garer à sa manière celle qu'il conduisait, le port n'était pas si loin que ça.

*

Zofia avait déposé Reine chez son coiffeur et promis de venir la rechercher deux heures plus tard. Juste le temps pour elle d'aller donner son cours d'histoire au centre de formation pour les malvoyants. Les élèves de Zofia s'étaient levés lorsqu'elle avait franchi le seuil de la porte.

– Sans coquetterie, je suis la plus jeune de cette classe, asseyez-vous, je vous en prie !

L'assemblée s'était exécutée dans un murmure et Zofia reprit la leçon là où elle l'avait laissée. Elle ouvrit le livre en braille posé sur son bureau et en commença la lecture. Zofia aimait cette écriture où les mots se déliaient du bout des doigts, où les phrases se composaient au toucher, où les textes prenaient vie au creux de la main. Elle appréciait cet univers amblyope, si mystérieux pour ceux qui croyaient tout voir, bien que souvent aveugles de tant d'essentiels. Au son de la cloche, elle avait terminé sa leçon et donné rendez-vous à ses élèves le jeudi suivant. Elle avait retrouvé sa voiture et était allée chercher Reine pour la déposer chez elle. Puis elle avait traversé de nouveau la ville pour reconduire Jules du dispensaire aux docks. Le bandage qui entourait sa jambe lui donnait des allures de flibustier, il ne dissimula pas une certaine fierté lorsque Zofia lui en fit la remarque.

– Tu m'as l'air préoccupée ? demanda Jules.

– Non, juste un peu débordée.

– Tu es toujours débordée, je t'écoute.

– Jules, j'ai relevé un drôle de défi. Si vous deviez faire quelque chose d'incroyablement bien, quelque chose qui changerait le cours du monde, que choisiriez-vous ?

— Si j'étais utopiste ou si je croyais au miracle, je te dirais que j'éradiquerais la faim dans le monde, j'anéantirais toutes les maladies, interdirais que quiconque attente à la dignité d'un enfant. Je réconcilierais toutes les religions, soufflerais une immense moisson de tolérance sur la terre, je crois aussi que je ferais disparaître toutes les pauvretés. Oui, tout ça je le ferais... si j'étais Dieu !

— Et vous êtes-vous déjà demandé pourquoi *Lui* ne le faisait pas ?

— Tu le sais aussi bien que moi, tout cela ne dépend pas de Sa volonté mais de celle des hommes à qui *Il* a confié la Terre. Il n'existe pas de bien immense que l'on puisse se représenter, Zofia, tout simplement parce que, au contraire du mal, le bien est invisible. Il ne se calcule ni ne se raconte sans perdre de son élégance et de son sens. Le bien se compose d'une quantité infinie de petites attentions qui, mises bout à bout, finiront, elles, un jour peut-être, par changer le monde. Demande à n'importe qui de te citer cinq hommes qui ont changé en bien le cours de l'humanité. Je ne sais pas, par exemple, le premier des démocrates, l'inventeur des antibiotiques, ou un faiseur de paix. Aussi étrange que cela paraisse, peu de gens pourront les nommer, alors qu'ils évoqueront sans problème cinq dictateurs. On connaît tous le nom des grandes maladies, rarement celui de ceux qui les ont vaincues. L'apogée du mal que chacun redoute n'est rien d'autre que la fin du monde, mais ce même chacun semble ignorer que l'apogée du bien a déjà eu lieu... le jour de la Création.

— Mais alors, Jules, que feriez-vous pour faire le bien, accomplir le très bien ?

— Je ferais exactement ce que tu fais ! Je donnerais à ceux que je côtoie l'espoir de tous les possibles. Tu as inventé une chose merveilleuse tout à l'heure, sans même t'en rendre compte.

— Qu'est-ce que j'ai fait ?

— En passant devant mon arche tu m'as souri. Un peu plus tard, ce détective qui vient souvent déjeuner par ici est passé en voiture, il m'a regardé avec son éternel air bougon. Nos regards se sont croisés, je lui ai confié ton sourire, et quand il est reparti, je l'ai vu, il le portait sur ses lèvres. Alors, avec un peu d'espoir, il l'aura transmis à celui ou celle qu'il allait voir. Tu réalises maintenant ce que tu as fait ? Tu as inventé une sorte de vaccin contre l'instant de mal-être. Si tout le monde faisait cela, rien qu'une seule fois par jour, donner juste un sourire, imagines-tu l'incroyable contagion de bonheur qui filerait sur la terre ? Alors tu remporterait ton pari.

Le vieux Jules toussa dans sa main.

— Mais, bon. Je t'ai dit que je n'étais pas utopiste. Alors, je vais me contenter de te remercier de m'avoir reconduit jusqu'ici.

Le clochard sortit de la voiture et avança vers son abri. Il se retourna, fit un petit signe de la main à Zofia

— Quelles que soient les questions que tu te poses,

fie-toi à ton instinct et continue de faire ce que tu fais.

Zofia le regarda, interrogative.

– Jules, que faisiez-vous avant de vivre ici ?

Il disparut sous l'arche, sans répondre.

Zofia rendit visite à Manca au Fisher's Deli, l'heure du déjeuner était déjà bien entamée et, pour la seconde fois de la journée, elle avait un service à demander à quelqu'un. Le contremaître n'avait pas touché à son assiette. Elle s'assit à sa table.

– Vous ne mangez pas vos œufs brouillés ?

Manca se pencha pour chuchoter à son oreille :

– Quand Mathilde n'est pas là, la nourriture n'a aucun goût ici.

– Justement, c'est d'elle que je suis venu vous parler.

Zofia quitta le port une demi-heure plus tard en compagnie du contremaître et de quatre de ses dockers. En passant devant l'arche n° 7, elle pila net. Elle avait reconnu l'homme en complet élégant qui fumait une cigarette auprès de Jules. Les deux dockers qui avaient pris place à bord de son véhicule et les deux autres qui la suivaient dans un pick-up lui demandèrent pourquoi elle avait freiné aussi brutalement. Elle accéléra sans répondre et fila vers le Memorial Hospital.

*

Les optiques de la Lexus flambant neuve s'illuminèrent dès qu'elle s'engagea dans les sous-sols. Lucas marcha d'un pas pressé vers la porte d'accès aux escaliers. Il consulta sa montre, il avait dix minutes d'avance.

Les portes de l'ascenseur s'ouvrirent sur le neuvième étage. Il fit un détour pour passer devant la porte de l'assistante d'Antonio Andric, s'invita dans la pièce et s'assit sur le coin de son bureau. Elle ne releva pas la tête et continua de pianoter sur le clavier de son ordinateur.

– Vous êtes totalement dévouée à votre travail, n'est-ce pas ?

Elizabeth lui sourit et poursuivit sa tâche.

– Savez-vous qu'en Europe la durée du travail est légalisée ? En France, ajouta Lucas, ils pensent même que plus de trente-cinq heures par semaine nuisent à l'épanouissement de l'individu.

Elizabeth se leva pour se servir une tasse de café.

– Et si c'est vous qui voulez travailler plus ? demanda-t-elle.

– Vous ne pouvez pas ! La France privilégie l'art de vivre !

Elizabeth reprit place derrière son écran et s'adressa à Lucas d'une voix distante.

– J'ai quarante-huit ans, je suis divorcée, mes deux enfants sont à l'université, je suis propriétaire de mon petit appartement à Sausalito et d'un joli petit condominium au bord du lac Tahoe, que j'aurai fini de payer dans deux ans. Pour tout vous dire, je ne compte pas le temps que je passe ici. J'aime bien ce que je fais, bien plus que de déambuler devant des vitrines en constatant que je n'ai pas assez bossé pour me payer ce dont j'ai envie. Quant aux Français, je

95

vous rappelle qu'ils mangent des escargots !
Mr. Heurt est dans son bureau et vous avez rendez-
vous à quatorze heures... ce qui tombe bien puisqu'il
est exactement quatorze heures !

Lucas se dirigea vers la porte. Avant d'emprunter
le couloir il se retourna.

– Vous n'avez jamais goûté au beurre d'ail, sinon,
vous ne diriez pas ça !

*

Zofia avait organisé la sortie anticipée de Mathilde.
Mathilde acceptait de signer une décharge, et Zofia
avait juré qu'au moindre signe anormal elle la
raccompagnerait aussitôt aux urgences. Le chef de
service donna son accord sous réserve que l'examen
médical prévu à quinze heures ne contredise pas
l'évolution favorable de l'état de santé de sa patiente.

Quatre dockers prirent Mathilde en charge sur
le parking de l'hôpital. Leurs plaisanteries sur la
fragilité du chargement allaient bon train : ils s'amu-
saient à utiliser tout le vocabulaire d'une manu-
tention où Mathilde jouait le rôle du container.
Ils l'allongèrent avec beaucoup de précaution sur
la civière qu'ils avaient improvisée à l'arrière de
la camionnette. Zofia conduisait aussi lentement
qu'elle le pouvait, mais le moindre cahot réveillait
dans la jambe de Mathilde une vive douleur
remontant jusqu'au creux de l'aine. Il leur fallut une
demi-heure pour arriver à bon port.

Les dockers descendirent le lit métallique du
grenier et l'installèrent dans le living de Zofia.

Manca le poussa jusqu'à la fenêtre et arrangea le petit guéridon qui ferait office de table de nuit. Commença alors la lente ascension de Mathilde, que les dockers emportaient vers l'étage, sous le haut commandement de Manca. À chaque marche gagnée, Zofia serrait les doigts en entendant Mathilde crier sa peur. Les hommes y répondaient en chantant à tue-tête. Elles finirent par s'abandonner aux rires lorsqu'ils eurent enfin passé le coude de la cage d'escalier. Avec mille attentions, ils déposèrent leur serveuse préférée sur sa nouvelle literie.

Zofia les inviterait à déjeuner pour les remercier. Manca dit que ce n'était pas la peine, Mathilde les avait suffisamment choyés au Deli pour qu'ils puissent rendre la pareille. Zofia les reconduisit au port. Quand la voiture s'éloigna, Reine prépara deux tasses de café accompagnées de quelques morceaux de galette posés dans sa coupelle en argent ciselé, puis elle monta à l'étage.

Quittant le quai 80, Zofia décida de faire un léger détour. Elle alluma l'autoradio et chercha une station jusqu'à ce que la voix de Louis Armstrong s'envole dans l'habitacle. *What a wonderful world* était l'une de ses chansons préférées. Elle fredonna de concert avec le vieux bluesman. La Ford tourna au coin des entrepôts et fila en direction des arches qui bordaient la travée des immenses grues. Elle accéléra et, au passage des ralentisseurs, la voiture eut une série de hoquets. Elle en sourit et ouvrit sa vitre en grand. Le vent faisait voler ses cheveux, elle tourna le bouton du volume, et la chanson se joua plus fort encore. Radieuse, elle s'amusait à slalomer entre les cônes de sécurité... vers la septième arche. Lorsqu'elle vit Jules, elle lui fit un petit signe de la main, qu'il lui rendit aussitôt. Il était seul... alors Zofia éteignit la radio, referma la vitre et bifurqua vers la sortie.

*

Heurt avait quitté la salle du conseil sous les applaudissements cauteleux des directeurs, effarés par les promesses qui venaient de leur être faites. Certain qu'il était rompu à tout exercice de communication, Ed avait transformé la réunion commerciale en parodie de conférence de presse, détaillant sans retenue ses visions mégalo-expansionnistes. Dans l'ascenseur qui le reconduisait au neuvième étage, Ed était aux anges : le management des hommes n'était finalement pas si compliqué que cela ; s'il le fallait, il pourrait très bien œuvrer seul à la destinée du groupe. Fou de joie, il dressa son poing serré vers le ciel en signe de victoire.

*

La balle de golf avait fait chanceler le drapeau avant de disparaître. Antonio Andric venait de réussir un magnifique « trou en un » sur un « par quatre ». Fou de joie, il leva son poing serré vers le ciel en signe de victoire.

*

Ravi, Lucas abaissa son poing vers la terre en signe de victoire : le vice-président avait réussi à semer un trouble sans précédent parmi les dirigeants de son empire, et la confusion des esprits ne tarderait pas à se propager aux étages inférieurs.

Ed l'attendait près du distributeur de boissons, il ouvrit les bras en le voyant.

– Quelle réunion formidable, n'est-ce pas ? Je me rends compte que je suis trop souvent loin de mes troupes ! Je dois remédier à cela, à ce propos j'ai un petit service à vous demander.

Ed avait rendez-vous le soir même avec une journaliste qui devait rédiger un article sur lui dans un quotidien local. Pour une fois il sacrifierait ses devoirs vis-à-vis de la presse aux besoins de ses fidèles collaborateurs. Il venait de convier à dîner le patron du développement, le responsable du marketing et les quatre directeurs du réseau commercial. À cause de son petit accrochage avec Antonio, il préférait ne pas informer son associé de son initiative et le laisser jouir d'une vraie soirée de repos dont il avait visiblement besoin. Si Lucas voulait bien assurer l'interview à sa place, il lui rendrait un service inestimable ; d'autant que les éloges d'un tiers s'avéraient toujours plus convaincants. Ed comptait sur l'efficacité de son nouveau conseiller, qu'il encouragea d'une tape amicale sur l'épaule. La table était réservée à vingt et une heures chez Simbad, un restaurant de poissons sur Fisherman's Wharf : un cadre un tantinet romantique, des crabes délicieux, une addition honorable, le papier devrait être éloquent.

*

Après s'être occupée du transfert de Mathilde, Zofia revint au Memorial Hospital, dans un autre service cette fois-ci. Elle entra dans le pavillon n° 3 et grimpa jusqu'au troisième étage.

Le service des hospitalisations pédiatriques était comme à son habitude surchargé. Dès que le petit Thomas eut reconnu son pas au fond du couloir, tout son visage s'illumina. Pour lui, les mardis et vendredis étaient des jours sans gris. Zofia caressa sa joue, s'assit au bord de son lit, déposa un baiser sur sa main qu'elle souffla dans sa direction (c'était leur geste complice), et reprit sa lecture à la page cornée. Personne n'était autorisé à toucher au livre qu'elle rangeait dans le tiroir de sa table de nuit après chaque visite. Thomas y veillait comme sur un trésor. Même lui ne se permettait pas de lire le moindre mot en son absence. Le petit bonhomme à la tête chauve connaissait mieux que quiconque la valeur de l'instant magique. Seule Zofia pouvait lui dire ce conte. Nul ne confisquerait une minute des histoires fantastiques du lapin Theodore. De ses intonations elle rendait chaque ligne précieuse. Parfois elle se levait, parcourait la pièce de long en large ; chacune de ses grandes enjambées qu'elle accompagnait d'amples mouvements de bras et de mimiques provoquait aussitôt les rires sans retenue du petit garçon. Pendant l'heure féerique où les personnages s'animaient dans sa chambre, c'était la vie qui reprenait ses droits. Même quand il rouvrait les yeux, Thomas oubliait les murs, sa peur et la douleur.

Elle replia l'ouvrage, le rangea en bonne place et regarda Thomas qui fronçait les sourcils.

– Tu as l'air soucieux tout à coup ?

– Non, répondit l'enfant.

– Quelque chose t'a échappé dans l'histoire ?

– Oui.

– Quoi ? dit-elle en reprenant sa main.

– Pourquoi tu me la racontes ?

Zofia ne trouva pas les mots justes pour formuler sa réponse, alors Thomas sourit.

– Moi je sais, dit-il.

– Alors, dis-le-moi.

Il rougit et fit glisser le pli du drap de coton entre ses doigts. Il murmura :

– Parce que tu m'aimes !

Et cette fois, ce furent les joues de Zofia qui s'empourprèrent.

– Tu as raison, c'était exactement le mot que je cherchais, dit-elle d'une voix douce.

– Pourquoi les adultes ne disent pas toujours la vérité ?

– Parce qu'elle leur fait peur parfois, je crois.

– Mais toi tu n'es pas comme eux, n'est-ce pas ?

– Disons que je fais de mon mieux, Thomas.

Elle releva le menton de l'enfant et l'embrassa. Il plongea dans ses bras et la serra très fort. Le câlin achevé, Zofia avança vers la porte, mais Thomas la rappela une dernière fois.

— Je vais mourir ?

Thomas la dévisageait, Zofia scruta longuement le regard si profond du petit garçon.

— Peut-être.

— Pas si tu es là, alors à vendredi, dit l'enfant.

— À vendredi, répondit Zofia en soufflant le baiser au creux de sa main.

Elle reprit le chemin des docks pour aller vérifier le bon déroulement du débardage d'un cargo. Elle s'approcha d'une première pile de palettes, un détail avait attiré son attention : elle s'agenouilla pour contrôler la vignette sanitaire qui garantissait le respect de la chaîne du froid. La pastille avait viré au noir. Zofia prit immédiatement son talkie-walkie et bascula sur le canal 5. Le bureau des services vétérinaires ne répondit pas à son appel. Le camion réfrigéré qui attendait au bout de la travée ne tarderait pas à emporter la marchandise impropre vers les nombreux restaurants de la ville. Il lui fallait trouver une solution au plus vite. Elle tourna la molette sur le canal 3.

— Manca, c'est Zofia, où êtes-vous ?

Le poste grésilla.

— À la vigie, dit Manca, et il fait très beau si vous aviez un doute sur la question ! Je pourrais presque voir les côtes chinoises !

— Le *Vasco-de-Gama* est en déchargement, pouvez-vous m'y rejoindre au plus vite ?

— Il y a un problème ?

— J'aimerais mieux en parler avec vous sur place, répondit-elle en raccrochant.

Elle attendait Manca au pied de la grue qui transbordait les palettes du navire vers la terre, il arriva quelques minutes plus tard, au volant d'un Fenwick.

— Alors qu'est-ce que je peux faire pour vous ? demanda Manca.

— Au bout de cette grue, il y a dix palettes de crevettes non comestibles.

— Et ?

— Comme vous pouvez le constater, les services sanitaires ne sont pas là et je n'arrive pas à les joindre.

— J'ai bien deux chiens et un hamster à la maison, mais je ne suis pas vétérinaire pour autant. Et puis qu'est-ce que vous y connaissez en crustacés, vous ?

Zofia lui montra la pastille témoin.

— Les crevettes n'ont pas de secret pour moi ! Si on ne s'en occupe pas, il ne fera pas bon aller au restaurant en ville ce soir...

— Ben oui, mais qu'est-ce que vous voulez que j'y fasse, à part manger un steak chez moi ?

— ... Ni pour les petits de manger à la cantine demain !

La phrase n'était pas innocente, Manca ne supportait pas que l'on touche à un seul cheveu d'un enfant, ils étaient sacrés pour lui. Il la fixa quelques instants en se frottant le menton.

— Bon, d'accord ! dit Manca en s'emparant de l'émetteur de Zofia.

Il changea la fréquence pour contacter le grutier.

— Samy, mets-toi au large !

— C'est toi, Manca ? J'ai trois cents kilos au bout, ça peut attendre ?

— Non !

La flèche pivota lentement, entraînant sa charge dans un lent balancement. Elle s'immobilisa à la verticale de l'eau.

— Bien ! dit Manca dans le micro. Maintenant je vais te passer l'officier en chef de la sécurité qui vient de repérer une grosse faiblesse à ton arrimage. Elle va t'ordonner de larguer tout de suite pour que tu ne prennes pas de risque personnel, et tu vas lui obéir à la même vitesse parce que c'est son métier de faire des trucs comme ça !

Il tendit le combiné à Zofia avec un immense sourire. Zofia hésita et toussota avant de transmettre l'ordre. Il y eut un bruit sec et le crochet se défit. Les palettes de crustacés s'abîmèrent dans les eaux du port. Manca remonta sur son Fenwick. En démarrant, il oublia qu'il avait enclenché la marche arrière et renversa les caisses déjà à terre. Il s'arrêta à la hauteur de Zofia.

— Si les poissons sont malades cette nuit, c'est votre problème, je ne veux pas en entendre parler ! Des papiers de l'assurance non plus !

Et le tracteur fila sans bruit sur l'asphalte.

L'après-midi touchait à sa fin. Zofia traversa la ville, la boulangerie qui fabriquait les macarons préférés de Mathilde se trouvait à la pointe nord de Richmond sur 45th Street. Elle en profita pour faire quelques courses.

Zofia rentra une heure plus tard, les bras chargés, et grimpa jusqu'à l'étage. Elle repoussa la porte du pied, elle ne voyait pas grand-chose devant elle et passa directement derrière le comptoir de la cuisine. Elle souffla en posant les paquets bruns sur le plateau en bois et releva la tête : Reine et Mathilde la regardaient avec un air plus qu'étrange.

– Je peux profiter de ce qui vous fait rire ? demanda Zofia.

– Nous ne rions pas ! assura Mathilde.

– Pas encore... mais à voir vos deux têtes, je parie que ça ne va pas tarder.

– Tu as reçu des fleurs ! susurra Reine entre ses lèvres qu'elle pinçait.

Zofia les dévisagea tour à tour.

– Reine les a mises dans la salle de bains ! ajouta Mathilde, la gorge nouée.

– Pourquoi dans la salle de bains ? demanda Zofia, suspicieuse.

– L'humidité je suppose ! répliqua Mathilde, hilare.

Zofia écarta le rideau de douche et entendit Reine ajouter :

– Ce genre de végétal a besoin de beaucoup d'eau !

Le silence régna d'une pièce à l'autre. Lorsque Zofia demanda qui avait eu la délicatesse de lui envoyer un nénuphar, le rire de Reine éclata dans le salon, celui de Mathilde suivit aussitôt. Reine retrouva suffisamment de contenance pour ajouter qu'il y avait un petit mot sur le rebord du lavabo. Dubitative, Zofia le décacheta.

À mon grand regret, un contretemps professionnel m'oblige à reporter notre dîner. Pour me faire pardonner, je vous donne rendez-vous à 19 h 30 au bar du Hyatt Embarcadero, nous y prendrons l'apéritif. Soyez là, votre compagnie m'est indispensable.

Le petit bout de bristol télégraphié était signé Lucas. Zofia le froissa et le jeta dans la corbeille. Elle retourna dans le salon.

– Alors c'était qui ? demanda Mathilde en s'essuyant les pommettes.

Zofia se dirigea vers le placard qu'elle ouvrit énergiquement. Elle enfila un cardigan, attrapa ses clés sur la tablette de l'entrée et se retourna avant de sortir pour dire à Reine et Mathilde qu'elle était ravie qu'elles se soient trouvées. Il y avait de quoi préparer à dîner sur le comptoir. Elle avait du travail et rentrerait tard. Elle fit une révérence forcée et s'éclipsa. Mathilde et Reine entendirent un « bonsoir » glacial dans la cage d'escalier, juste avant que la porte d'entrée ne claque. Le bruit du moteur de la Ford s'évanouit quelques secondes plus tard. Mathilde regarda Reine sans masquer le large sourire au coin de ses lèvres.

– Vous croyez qu'elle est vexée ?

– Tu as déjà reçu un nénuphar, toi !

Reine s'essuya le coin de l'œil.

Zofia conduisait sèchement. Elle alluma la radio et grommela.

– Donc, il m'a prise pour une grenouille !

Au carrefour de la Troisième Avenue elle donna

un coup rageur sur le volant, actionnant inopinément le klaxon. Devant son pare-brise, un piéton montrait d'un geste inélégant que le feu était encore au rouge. Zofia passa sa tête par la fenêtre et lui hurla :

— Désolée, les batraciens sont daltoniens !

Elle roula à vive allure en direction des quais.

— Un fâcheux contretemps, gnagnagna, mais pour qui se prend-il !

Lorsque Zofia arriva au quai 80, le gardien sortit de sa guérite. Il avait un message de la part de Manca qui voulait la voir de toute urgence. Elle regarda sa montre et fila vers le bureau des contremaîtres. En entrant dans la pièce, elle vit aussitôt à la mine de Manca qu'il y avait eu un accident : il lui confirma qu'un calier du nom de Gomez était tombé. Une échelle défectueuse était probablement à l'origine de sa chute. Le vrac au fond de la cale avait à peine amorti le choc, l'homme avait été transporté à l'hôpital dans un piteux état. Les causes de l'accident provoquaient la colère de ses collègues. Zofia n'était pas de service au moment de la catastrophe, mais elle ne s'en sentait pas moins responsable. Depuis le drame, la tension n'avait cessé de monter et des rumeurs de débrayage circulaient déjà entre les quais 96 et 80. Pour calmer les esprits, Manca avait promis de faire consigner le bateau à quai. Si l'enquête confirmait les suspicions, le syndicat se porterait partie civile et poursuivrait l'armateur. En attendant, pour débattre du bien-fondé d'une grève, Manca avait convié à dîner le soir même les trois chefs de section de l'Union des Dockers. L'air grave,

Manca griffonna les coordonnées du restaurant sur un petit bout de papier qu'il déchira du bloc-notes.

– Ce serait bien que tu te joignes à nous, j'ai réservé à neuf heures.

Il tendit le feuillet à Zofia, elle prit congé de lui.

Le vent froid qui soufflait sur les quais giflait ses joues. Elle emplit ses poumons d'air glacé et expira lentement. Une mouette vint se poser sur une corde d'amarrage qui grinçait en s'étirant. L'oiseau inclina la tête et fixa Zofia du regard.

– C'est toi, Gabriel ? dit-elle d'une voix timide.

La mouette s'éleva dans les airs en poussant un grand cri.

– Non, ce n'était pas toi...

Marchant le long de l'eau, elle ressentit une impression qu'elle ne connaissait pas, comme un voile de tristesse qui venait se mêler aux embruns.

– Ça ne va pas ?

La voix de Jules la fit sursauter.

– Je ne vous avais pas entendu.

– Moi si, dit le vieil homme en s'approchant d'elle. Qu'est-ce que tu fais par ici à cette heure-là, tu n'es plus de service !

– Je suis venue méditer sur une journée qui n'a cessé de déraper.

– Alors, ne te fie pas aux apparences, tu sais qu'elles sont souvent trompeuses.

Zofia haussa les épaules et s'assit sur la première marche de l'escalier de pierre qui descendait vers l'eau. Jules s'installa à ses côtés.

– Votre jambe ne vous fait pas souffrir ? demanda-t-elle.

108

– Ne t'occupe donc pas de ma jambe, veux-tu ! Alors qu'est-ce qui ne va pas ?

– Je crois que suis fatiguée.

– Tu n'es jamais fatiguée... je t'écoute !

– Je ne sais pas ce que j'ai, Jules... je me sens un peu lasse...

– Nous voilà bien !

– Pourquoi dites-vous ça ?

– Pour rien, comme ça ! D'où nous vient ce coup de cafard ?

– Je n'en sais rien.

– On ne le voit jamais venir le petit scarabée chagrin, il est là et puis un matin il repart, on ne sait pas comment.

Il essaya de se relever, elle lui tendit la main pour l'aider à prendre appui sur elle. Il grimaça en se redressant.

– Il est sept heures et quart... je crois que tu dois y aller.

– Pourquoi dites-vous ça ?

– Arrête avec cette question ! Disons que c'est parce qu'il est tard. Bonne soirée, Zofia.

Il marcha sans boiter. Avant d'entrer sous son arche, il se retourna et l'interpella :

– Ton cafard serait plutôt blond ou brun ?

Jules disparut dans la pénombre, la laissant seule sur le parking.

Le premier tour de clé ne laissait aucun espoir : les phares de la Ford éclairaient à peine la proue du navire. Le démarreur fit à peu près le même bruit qu'une purée de pommes de terre que l'on touille à la main. Elle sortit en claquant violemment la portière et marcha vers la guérite.

— Merde ! dit-elle en remontant son col.

Un taxi la déposa un quart d'heure plus tard au pied de l'Embarcadero Center. Zofia courut dans les escalators qui débouchaient sur le grand atrium du complexe hôtelier. De là, elle prit l'ascenseur qui montait d'un trait jusqu'au dernier étage.

Le bar panoramique tournait lentement sur un axe. En une demi-heure, on pouvait ainsi admirer l'île d'Alcatraz à l'est, le Bay Bridge au sud, les faubourgs financiers et leurs tours magistrales à l'ouest. Le regard de Zofia aurait pu tout aussi bien apercevoir le majestueux Golden Gate qui reliait les terres verdoyantes du Presidio aux falaises tapissées de menthe qui surplombaient Sausalito... à condition toutefois d'être assise face à la vitre, mais Lucas avait pris la bonne place...

Il referma la carte des cocktails et héla le serveur d'un claquement de doigts. Zofia baissa la tête. Lucas recracha dans sa main le noyau qu'il astiquait méticuleusement de la langue.

— Les prix sont absurdes ici, mais je dois reconnaître que la vue est exceptionnelle, dit-il en enfournant une nouvelle olive.

— Oui, vous avez raison, la vue est assez jolie, dit Zofia. Je crois même pouvoir deviner un tout petit morceau du Golden Gate dans le tout petit bandeau de miroir en face de moi. À moins que cela ne soit le reflet de la porte des toilettes, elle aussi elle est rouge.

Lucas tira la langue et loucha en essayant d'en voir

le bout, il saisit le noyau poli, l'abandonna sur la coupelle à pain et conclut :

— De toute façon il fait nuit, n'est-ce pas ?

D'une main tremblante, le serveur déposa sur la table un martini dry, deux cocktails de crabes et s'éloigna d'un pas pressé.

— Vous ne trouvez pas qu'il est un peu tendu ? demanda Zofia.

Lucas avait attendu cette table dix minutes et avait un peu tancé le garçon.

— Croyez-moi, vu les tarifs, on peut être exigeant !

— Vous avez certainement une carte de crédit dorée ? répondit Zofia du tac au tac.

— Absolument ! Comment le savez-vous ? demanda Lucas, l'air aussi étonné que ravi.

— Elles rendent souvent arrogant... Croyez-moi, les additions sont sans commune mesure avec la solde des employés de la salle.

— C'est un point de vue, accusa Lucas en mâchouillant une énième olive.

Dès lors, à chaque fois qu'il commanda des amandes... un autre verre... une serviette propre... il fit l'effort de prononcer quelques mercis étouffés qui semblaient vraiment lui brûler la gorge. Zofia s'inquiéta de ce qui n'allait pas chez lui, il éclata d'un rire tonitruant. Tout allait pour le mieux dans le meilleur des mondes, il était vraiment heureux de l'avoir rencontrée. Dix-sept olives plus tard, il régla l'addition sans laisser de pourboire. En sortant de l'établissement, Zofia glissa discrètement un billet de cinq dollars dans la main du chasseur qui était allé rechercher la voiture de Lucas.

– Je vous dépose ? dit-il.

– Non, merci, je vais prendre un taxi.

D'un geste large, Lucas ouvrit la portière côté passager.

– Montez, je vous dépose !

Le cabriolet filait à vive allure. Lucas fit vrombir le moteur et inséra un disque compact dans le lecteur de la console de bord. Un grand sourire aux lèvres, il saisit une carte de crédit Platinium de sa poche et l'agita entre le pouce et l'index.

– Vous reconnaîtrez qu'elles n'ont pas que des défauts !

Zofia le dévisagea quelques secondes. À la vitesse de l'éclair, elle lui ôta le morceau de plastique doré des doigts et le jeta par-dessus bord.

– Il paraît même qu'ils les refont en vingt-quatre heures ! dit-elle.

La voiture pila dans un crissement de pneus, Lucas éclata de rire.

– L'humour, c'est irrésistible chez une femme !

Quand la voiture se rangea devant la station de taxis, Zofia fit pivoter la clé de contact pour couper le bruit assourdissant du moteur. Elle descendit et referma délicatement sa portière.

– Vous êtes certaine que vous ne voulez pas que je vous raccompagne chez vous ? demanda Lucas.

– Je vous remercie, mais j'ai rendez-vous. En revanche, j'ai un petit service à vous demander.

– Tout ce que vous voudrez !

Zofia se pencha à la fenêtre de Lucas.

– Pourriez-vous attendre que j'aie tourné au coin

de la rue avant de remettre votre *supertondeuse* à gazon en marche ?

Elle recula d'un pas, il agrippa son poignet.

– J'ai passé un moment divin, dit Lucas.

Il la pria d'accepter de reconduire ce dîner manqué. Les premiers moments d'une rencontre étaient toujours difficiles, malaisés pour lui, car il était timide. Elle devait leur laisser une chance de mieux se connaître. Zofia restait perplexe quant à sa définition de la timidité.

– On ne peut pas juger les gens sur une première impression, n'est-ce pas ?

Il y avait une once de charme dans le ton qu'il avait emprunté... Elle accepta un déjeuner, rien de plus ! Puis elle tourna les talons et avança vers le taxi en tête de station. Le V12 de Lucas vrombissait déjà dans son dos.

*

Le taxi se rangea le long du trottoir. Les cloches de Grace Cathedral résonnèrent de leur neuvième coup. Zofia entra chez Simbad, elle était pile à l'heure. Elle replia le menu qu'elle rendit à la serveuse et prit une gorgée d'eau, décidée à entrer dans le vif du sujet qui l'avait amenée à cette table. Il lui fallait convaincre les chefs du syndicat d'enrayer le mouvement de grogne sur les quais.

– Même si vous les soutenez, vos dockers ne tiendront pas plus d'une semaine sans salaire. Si l'activité s'arrête, les cargos n'auront qu'à s'amarrer de l'autre côté de la baie. Vous allez tuer les docks, dit-elle d'une voix sans faille.

L'activité marchande était vivement concurrencée par Oakland, le port voisin rival. Un nouveau blocus risquait d'entraîner le départ des entreprises de fret. L'appétit des promoteurs, qui lorgnaient depuis dix ans les plus beaux terrains de la ville, était déjà suffisamment aiguisé pour que l'on ne joue pas en plus au Petit Chaperon rouge, avec des parfums de grève dans un panier.

— C'est arrivé à New York et à Baltimore, ça peut nous arriver ici, reprit-elle, convaincue de la cause qu'elle défendait.

Et si les quais marchands fermaient leurs portes, les conséquences ne seraient pas seulement désastreuses pour la vie des dockers. Très vite les flux incessants de camions qui traverseraient quotidiennement les ponts achèveraient d'engorger les accès de la presqu'île. Les gens devraient quitter leur domicile encore plus tôt pour se rendre au travail et rentreraient chez eux encore plus tard. Il ne faudrait pas six mois avant que beaucoup d'entre eux ne se résignent à migrer plus au sud.

— Vous ne croyez pas que vous poussez le bouchon un peu loin ? demanda l'un des hommes. Il ne s'agit que de renégocier les primes de risque ! Et puis je pense que nos collègues d'Oakland seront solidaires.

— C'est ce que l'on appelle la théorie du battement de l'aile du papillon, insista Zofia en déchirant un bout de la nappe en papier.

— Qu'est-ce qu'ils viennent faire là, les papillons ? demanda Manca.

114

L'homme au complet noir qui dînait derrière eux se retourna pour intervenir dans leur conversation. Le sang de Zofia se glaça aussitôt qu'elle reconnut Lucas.

— C'est un principe géophysique qui prétend que le mouvement des ailes d'un papillon en Asie crée un déplacement d'air qui peut devenir, de répercussion en répercussion, un cyclone dévastant les côtes de la Floride.

Les délégués syndicaux se regardèrent tour à tour, aussi silencieux que dubitatifs. Manca trempa son quignon de pain dans la mayonnaise et renifla avant de s'exclamer :

— Quitte à faire les cons au Vietnam, on aurait dû en profiter pour sulfater les chenilles, au moins on n'y serait pas allé pour rien !

Lucas salua Zofia et se retourna vers la journaliste qui l'interviewait à la table voisine. Le visage de Zofia était couleur pivoine. L'un des délégués lui demanda si elle était allergique aux crustacés, elle n'avait pas touché à son plat. Elle se sentait légèrement nauséeuse, se justifia-t-elle, leur offrant de partager son assiette. Elle les supplia de réfléchir avant de commettre l'irréparable, puis s'excusa : elle ne se sentait vraiment pas très bien.

Tous se levèrent quand elle quitta la table. En passant, elle se pencha vers la jeune femme et la regarda fixement. Surprise, celle-ci eut un mouvement de recul, manquant de basculer en arrière. Zofia lui adressa un sourire forcé.

— Vous devez drôlement lui plaire pour être face à la vue ! Cela dit, vous êtes blonde ! Je vous souhaite

115

une bonne soirée... professionnelle... à tous les deux !

Elle se dirigea d'un pas déterminé vers les vestiaires, Lucas se précipita, la retint par le bras et la força à se retourner.

— Qu'est-ce qui vous a pris ?

— Professionnel, c'est difficile à épeler, non ? Un *f,* deux *s,* deux *n,* et vous savez quoi ? Pas de *q* dedans ! Et pourtant, en y mettant un peu de bonne volonté, on arrive quand même à en trouver un, n'est-ce pas !

— C'est une journaliste !

— Oui, moi aussi je suis journaliste : le dimanche, je recopie mon bloc-notes de la semaine dans mon journal intime.

— Mais Amy est une vraie journaliste !

— Et le gouvernement a l'air très occupé en ce moment à communiquer avec Amy !

— Parfaitement, et ne parlez pas si fort, vous allez griller ma couverture !

— Celle de son magazine, je suppose ? Offrez-lui quand même un dessert, j'en ai vu un à moins de six dollars à la carte !

— La couverture de ma mission, bon sang !

— Ça, c'est une vraie bonne nouvelle ! Plus tard, quand je serai grand-mère, je pourrai raconter à mes petits-enfants qu'un soir j'ai pris l'apéritif avec James Bond ! À la retraite, vous aurez bien le droit de lever le secret-défense ?

— Bon ça suffit ! Vous ne dîniez pas avec trois copines de lycée à ce que je constate !

— Charmant, vous êtes résolument charmant,

Lucas, remarquez, votre invitée aussi, dit-elle. Elle a un délicieux port de tête sur un joli cou d'oiseau. La veinarde : dans quarante-huit heures elle va recevoir une sublime cage en osier tressé !

— Ça, c'est un sous-entendu ! Mon nénuphar vous a déplu ?

— Bien au contraire ! Je me suis sentie flattée que vous ne m'ayez pas fait livrer l'aquarium et la petite échelle avec ! Allez, dépêchez-vous, elle a l'air accablé ! C'est redoutable pour une femme de s'ennuyer à la table d'un homme, croyez-moi sur parole, je sais de quoi je parle.

Zofia tourna les talons, la porte du restaurant se referma derrière elle. Lucas haussa les épaules, avisa d'un coup d'œil la tablée que Zofia avait quittée et rejoignit son invitée.

— Qui était-ce ? demanda la journaliste qui s'impatientait.

— Une amie.

— Je me mêle de ce qui ne me regarde pas, mais elle avait l'air de tout, sauf de ça.

— Effectivement, vous vous mêlez de ce qui ne vous regarde pas !

Tout au long du dîner, Lucas ne cessa de vanter les mérites de son employeur. Il expliqua qu'à l'encontre de toutes les idées reçues, c'était à Ed Heurt que la compagnie devait son formidable essor. Une fidélité excessive à son associé et sa modestie légendaire avaient amené le vice-président à se satisfaire du titre de numéro deux, car pour Ed Heurt seule comptait la cause. Pourtant, la vraie tête pensante du binôme c'était lui, et lui seul ! La journaliste pianotait d'une main agile sur le clavier de son ordinateur de poche. Hypocritement, Lucas la pria de ne pas faire état dans son article de certaines considérations qu'il lui avait livrées tout à fait confidentiellement et parce que ses yeux bleus étaient irrésistibles. Il se pencha pour lui servir un verre de vin, elle l'invita à lui confier d'autres secrets d'alcôve, à titre purement amical, bien entendu. Il rit aux éclats et ajouta qu'il n'était pas encore assez ivre pour cela. Ajustant la bretelle de son débardeur en soie sur le bord de son épaule, Amy demanda ce qui pourrait provoquer l'ivresse chez lui.

*

Zofia gravit les marches du perron à pas de loup. Il était tard, mais la porte de Reine était encore entrebâillée, Zofia la poussa doucement du doigt. Il n'y avait pas d'album posé sur le tapis, pas de coupelle à gâteaux, Miss Sheridan l'attendait assise dans son fauteuil. Zofia entra.

— Il te plaît ce jeune homme, n'est-ce pas ?

— Qui ça ?

— Ne fais pas l'idiote, celui du nénuphar, avec qui tu as passé la soirée !

— Nous n'avons pris qu'un verre. Pourquoi ?

— Parce qu'il ne me plaît pas, voilà pourquoi !

— Je vous rassure, à moi non plus. Il est odieux.

— C'est bien ce que je dis, il te plaît !

— Mais non ! Il est vulgaire, imbu et suffisant.

— Mon Dieu, elle est déjà amoureuse ! s'exclama Reine en levant les bras au ciel.

– Alors vraiment pas ! C'est quelqu'un de mal dans sa peau que je pensais pouvoir aider.

– C'est encore pire que ce que je croyais ! dit Reine en levant à nouveau les bras.

– Mais enfin !

– Ne parle pas si fort, tu vas réveiller Mathilde.

– De toute façon, c'est vous qui ne cessez de me dire qu'il faut que j'aie quelqu'un dans ma vie.

– Ça, ma chérie, c'est ce que toutes les mères juives disent à leurs enfants... tant qu'ils sont célibataires. Le jour où ils leur ramènent quelqu'un à la maison, elles chantent la même chanson, mais elles mettent les paroles à l'envers.

– Mais, Reine, vous n'êtes même pas juive !

– Et alors ?

Reine se leva et sortit le petit plateau du buffet ; elle ouvrit la boîte en métal et déposa trois biscuits dans la coupelle argentée. Elle ordonna à Zofia d'en grignoter au moins un, et sans discuter, elle avait suffisamment souffert comme ça à l'attendre toute la soirée !

– Assieds-toi et raconte-moi tout ! dit Reine en s'enfonçant dans son fauteuil.

Elle écouta Zofia sans l'interrompre, cherchant à comprendre les desseins de l'homme qui avait croisé sa route à plusieurs reprises. Elle fixa Zofia d'un regard inquisiteur et ne brisa le silence qu'elle s'était imposé que pour lui demander de lui tendre un morceau de galette. Elle n'en prenait qu'à la fin de ses repas, mais la circonstance justifiait l'assimilation immédiate de sucres rapides.

– Décris-le-moi encore, demanda Reine après avoir croqué un bout de sablé.

Zofia s'amusait beaucoup du comportement de sa logeuse. Vu l'heure tardive, elle aurait pu mettre un terme à cette conversation et se retirer, mais le prétexte était parfait pour savourer ces instants précieux où la caresse d'une voix se fait plus envoûtante que celle de la main. En répondant le plus sincèrement possible à son interlocutrice, elle se surprit de ne pouvoir attribuer la moindre qualité à celui qui avait partagé sa soirée, hormis peut-être un certain esprit où la logique semblait régner en maître.

Reine tapota tendrement le genou de Zofia.

– Cette rencontre n'est pas le fruit du hasard ! Tu es en danger et tu ne le sais même pas !

La vieille dame se rendit compte que son intention avait échappé à Zofia ; elle se cala profondément dans son fauteuil.

– Il est déjà dans tes veines, il ira jusqu'à ton cœur. Il y récoltera les émotions que tu y as cultivées avec tant de précautions. Puis il te nourrira d'espoirs. La conquête amoureuse est la plus égoïste des croisades.

– Reine, je crois vraiment que vous vous égarez !

– Non, c'est toi qui bientôt vas t'égarer. Je sais que tu me prends pour une vieille radoteuse, mais tu verras ce que je te dis. Chaque jour, chaque heure, tu te rassureras de tes résistances, de tes manières, de tes esquives, mais l'envie de sa présence sera bien plus forte qu'une drogue. Alors ne sois pas dupe de toi-même, c'est tout ce que je te demande.

Il envahira ta tête, et rien ne pourra plus te délivrer du manque. Ni ta raison, ni même le temps qui sera devenu ton pire ennemi. Seule l'idée de le retrouver, tel que tu l'imagines, te fera vaincre la plus terrible des peurs : l'abandon... de lui, de toi-même. C'est le plus délicat des choix que la vie nous impose.

– Pourquoi me dites-vous tout ça, Reine ?

Reine contempla dans la bibliothèque le dos de couverture de l'un de ses albums. Quelques lignes de nostalgie venaient de s'écrire dans ses yeux.

– Parce que ma vie est derrière moi ! Alors ne fais rien ou fais tout ! Pas de tricherie, pas de faux-semblant et, surtout, pas de compromis !

Zofia entrelaçait les franges du tapis entre ses doigts. Reine lui adressa un regard de tendresse et caressa ses cheveux.

– Bon, ne fais pas cette tête-là, il paraît que de temps en temps les histoires d'amour finissent bien ! Allez, assez de mots usés, je n'ose même pas regarder ma montre.

Zofia referma doucement la porte et grimpa chez elle. Mathilde dormait d'un sommeil d'ange.

*

Les deux Margarita s'entrechoquèrent dans un tintement de cristal. Assis profondément dans le canapé de sa suite, Lucas se vanta de préparer ce cocktail comme personne. Amy porta le verre à sa bouche et acquiesça des yeux. D'une voix terriblement douce il confia être jaloux des grains de sel qui s'étaient abandonnés sur sa bouche. Elle les fit craquer entre ses dents et joua de sa langue, celle de Lucas glissa sur les lèvres d'Amy, avant de s'aventurer plus avant, bien plus avant.

*

Zofia n'alluma pas la lumière. Elle traversa la pièce dans la pénombre pour se rendre jusqu'à la fenêtre qu'elle fit coulisser doucement. Elle s'assit sur le rebord et regarda la mer ourler les côtes. Elle emplit ses poumons des embruns que la brise océane soufflait sur la ville et regarda le ciel, songeuse. Il n'y avait pas d'étoiles dans le ciel.

... Il y eut un soir, il y eut un matin...

Troisième Jour

Il voulut remonter à lui le couvre-lit, mais sa main le chercha en vain. Il ouvrit un œil et frotta sa barbe naissante. Lucas sentit sa propre haleine et se dit que la cigarette et l'alcool faisaient vraiment mauvais ménage. L'affichage du radio-réveil indiquait six heures vingt et une. À côté de lui, l'oreiller défoncé était solitaire. Il se leva et se dirigea vers le petit salon, nu comme un ver. Amy, enroulée dans le couvre-lit, croquait une pomme rouge arrachée à la corbeille de fruits.

— Je t'ai réveillé ? demanda-t-elle.

— Indirectement, oui ! Il y a du café dans cet endroit ?

— J'ai pris la liberté d'en commander au *room service*, je prends une douche et je me sauve.

— Si ça ne te dérange pas trop, répondit Lucas, j'aimerais mieux que tu rentres prendre ta douche chez toi, je suis très en retard !

Amy en resta interdite. Elle se dirigea aussitôt vers la chambre et récupéra ses affaires éparses. Elle s'habilla à la hâte, attrapa ses escarpins et s'engagea dans le petit corridor vers la porte palière. Lucas sortit la tête de la salle de bains.

— Tu ne prends plus de café ?

— Non, je vais le prendre chez moi lui aussi, merci pour la pomme !

— Il n'y a pas de quoi, tu en veux une autre ?

— Non, ça ira comme ça, j'ai été ravie, bonne journée.

Elle retira la chaînette de sécurité et tourna la poignée. Lucas s'approcha d'elle.

— Je peux te poser une question ?

— Je t'écoute !

— Quelles sont tes fleurs préférées ?

— Lucas, tu as beaucoup de goût, mais essentiellement du mauvais ! Tes mains sont très habiles, j'ai vraiment passé une nuit d'enfer avec toi, mais restons-en là !

En sortant, elle se trouva nez à nez avec le garçon d'étage qui apportait le plateau du petit déjeuner. Lucas regarda Amy.

— Tu es certaine que tu ne veux pas de café, maintenant qu'il est arrivé ?

— Certaine !

— Sois gentille, dis-moi pour les fleurs !

Amy inspira profondément, visiblement exaspérée.

— On ne demande pas ces choses-là à l'intéressée, ça brise tout le charme, tu ne sais pas ça à ton âge ?

— Évidemment que je sais ça, répondit Lucas d'un ton de petit garçon boudeur, mais ce n'est pas toi l'intéressée !

Amy tourna les talons, manquant de peu bousculer

le garçon qui attendait toujours à l'entrée de la suite. Les deux hommes immobiles entendirent la voix d'Amy hurler du fond du couloir : « Un cactus, et tu peux t'asseoir dessus ! » Silencieux, ils la suivirent du regard. Une petite sonnette retentit : l'ascenseur était arrivé. Avant que les portes ne se referment, Amy ajouta : « Un dernier détail, Lucas, tu es tout nu ! »

*

– Tu n'as pas fermé l'œil de la nuit.

– Je dors toujours très peu...

– Zofia, qu'est-ce qui te préoccupe ?

– Rien !

– Une amie, ça sait entendre ce que l'autre ne dit pas.

– J'ai trop de travail, Mathilde, je ne sais même plus par où commencer. J'ai peur d'être débordée, de ne pas être à la hauteur de ce que l'on attend de moi.

– C'est bien la première fois que je te vois douter.

– Alors, nous devons être en train de devenir de vraies amies.

Zofia se dirigea vers le coin cuisine. Elle passa derrière le comptoir et remplit la bouilloire électrique. De son lit installé dans le salon, Mathilde pouvait voir le jour se lever sur la baie, sous un léger crachin d'aube. De bien tristes nuages opacifiaient le ciel.

– Je hais octobre, dit Mathilde.

– Qu'est-ce qu'il t'a fait ?

— C'est le mois qui enterre l'été. Tout est mesquin à l'automne : les jours raccourcissent, le soleil n'est jamais au rendez-vous, les froids tardent à venir, on regarde nos pull-overs sans encore pouvoir les mettre. L'automne n'est qu'une saloperie de saison paresseuse, rien que de l'humidité, de la pluie et encore de la pluie.

— Et c'est moi qui suis supposée avoir mal dormi !

La bouilloire se mit à trembloter. Un déclic interrompit le frémissement de l'eau. Zofia souleva le couvercle d'une boîte en fer, prit un sachet d'Earl Grey, versa le liquide fumant dans une grande tasse et laissa le thé infuser. Elle composa le petit déjeuner de Mathilde sur un plateau, ramassa le journal que Reine avait glissé sous la porte comme chaque matin et le lui apporta. Elle aida son amie à se redresser, remit les oreillers en place et se dirigea vers sa chambre. Mathilde souleva la fenêtre à guillotine. La moiteur de l'arrière-saison s'infiltra jusque dans sa jambe, réveillant une douleur lancinante, elle grimaça.

— J'ai revu l'homme au nénuphar hier soir ! cria Zofia depuis la salle de bains.

— Vous ne vous quittez plus ! répliqua Mathilde, criant tout aussi fort.

— Tu parles ! Il dînait juste dans le même restaurant que moi.

— Avec qui ?

— Une blonde.

— Quel genre ?

— Blonde !

— Mais encore ?

— Genre cours après moi tu n'auras pas de mal à me rattraper, j'ai des talons hauts !

— Vous vous êtes parlé ?

— Vaguement. Il a bafouillé qu'elle était journaliste et qu'il accordait une interview.

Zofia entra sous sa douche. Elle tourna les vieux robinets grinçants et gratifia d'un coup sec le pommeau qui toussa par deux fois : l'eau ruissela sur son visage et son corps. Mathilde ouvrit le *San Francisco Chronicle*, une photo attira son attention.

— Il n'a pas menti ! cria-t-elle.

Zofia, qui shampouinait abondamment ses cheveux, ouvrit l'œil. Du revers de la main, elle tenta de chasser le savon qui la piquait et provoqua l'effet contraire.

— Sauf qu'elle est plutôt châtain..., renchérit Mathilde, et plutôt pas mal !

Le bruit de la douche cessa, Zofia apparut aussitôt dans le salon. Une serviette-éponge l'habillait à la taille et sa chevelure était coiffée de mousse.

— Qu'est-ce que tu racontes ?

Mathilde contempla son amie.

— Tu as vraiment de beaux seins !

— Les saints sont toujours beaux, sinon ce ne seraient pas des saints !

— C'est ce que j'essaie de dire aux miens tous les matins devant la glace.

— De quoi tu parles exactement, Mathilde ?

— De tes pommes ! J'adorerais que les miennes soient aussi fières.

Zofia cacha sa poitrine avec son avant-bras.

— De quoi parlais-tu, avant ?

– Probablement de ce qui t'a fait sortir de la douche sans te rincer ! dit-elle en agitant le journal.

– Comment l'article pourrait-il être déjà publié ?

– Appareils numériques et Internet ! Tu donnes une interview, quelques heures plus tard tu es sur la première page du journal et le lendemain tu sers à emballer le poisson !

Zofia voulut prendre le quotidien des mains de Mathilde, elle s'y opposa.

– N'y touche pas ! Tu es trempée.

Mathilde se mit à lire à voix haute les premières lignes de l'article qui titrait sur deux colonnes « LA VRAIE ASCENSION DU GROUPE A&H » : un véritable panégyrique d'Ed Heurt où la journaliste encensait en trente lignes la carrière de celui qui avait incontestablement contribué au formidable essor économique de la région. Le texte concluait que la petite société des années 1950, devenue un gigantesque groupe, reposait aujourd'hui entièrement sur ses épaules.

Zofia finit par s'emparer du feuillet et acheva la lecture de la chronique chapeautée d'une petite photo en couleurs. Elle était signée Amy Steven. Zofia replia le papier et ne put refréner un sourire.

– Elle est blonde ! dit-elle.

– Vous allez vous revoir ?

– J'ai accepté un déjeuner.

– Quand ?

– Mardi.

– À quelle heure, mardi ?

Lucas devait passer la chercher vers midi, répondit Zofia. Mathilde pointa alors du doigt la porte de la salle de bains en hochant la tête.

— Dans deux heures donc !

— On est mardi ? demanda Zofia en ramassant à la hâte ses affaires.

— C'est ce qui est écrit dans le journal !

Zofia ressortit du dressing quelques minutes plus tard. Elle était vêtue d'un jean et d'un pull à grosses mailles, elle se présenta devant son amie, en quête inavouée d'un éventuel compliment. Mathilde lui jeta un regard et replongea dans sa lecture.

— Qu'est-ce qui ne va pas ? Les couleurs jurent ? C'est ce jean, non ? demanda Zofia.

— On en reparlera quand tu te seras rincé les cheveux, dit Mathilde en feuilletant les pages des programmes de télévision.

Zofia se contempla dans le miroir posé sur la cheminée. Elle ôta son chandail et retourna, les épaules basses, vers la salle de bains.

— C'est bien la première fois que je te vois te préoccuper de la façon dont tu es habillée... Essaie de me raconter qu'il ne te plaît pas, que ce n'est pas ton genre d'homme, qu'il est trop « grave »... juste pour voir comment tu le dirais ! ajouta Mathilde.

Un petit grattement sur la porte précéda l'entrée de Reine. Elle avait les bras chargés d'un panier de légumes frais et d'une boîte en carton dont le joli ruban trahissait le contenu gourmand.

— On dirait que le temps n'arrive pas à décider de sa tenue aujourd'hui, dit-elle en rangeant les gâteaux sur une assiette.

— On dirait qu'il n'est pas le seul, renchérit Mathilde.

Reine se retourna quand Zofia sortit de la salle de

bains, les cheveux très en volume cette fois. Elle acheva de boutonner son pantalon et d'ajuster les lacets de ses tennis.

— Tu sors ? questionna Reine.

— J'ai un déjeuner, répondit Zofia en déposant un baiser sur sa joue.

— Je vais tenir compagnie à Mathilde. Si elle veut bien de moi ! Et même si ça l'ennuie d'ailleurs, parce que je m'ennuie encore plus qu'elle, toute seule en bas.

Une série de coups de klaxon retentit dans la rue. Mathilde se pencha à la vitre.

— On est bien mardi ! dit Mathilde.

— C'est lui ? demanda Zofia, restant en retrait de la fenêtre.

— Non, c'est Federal Express ! Ils livrent leurs colis en Porsche cabriolet maintenant. Depuis qu'ils ont recruté Tom Hanks, ils ne reculent plus devant rien !

La sonnette retentit deux fois. Zofia embrassa Reine et Mathilde, sortit de l'appartement et descendit rapidement l'escalier.

Installé au volant, Lucas releva sa paire de lunettes de soleil et lui adressa un généreux sourire. À peine Zofia avait-elle refermé sa portière que le coupé s'élançait à l'assaut des collines de Pacific Heights. La voiture entra dans Presidio Park, elle le traversa et s'engagea sur la bretelle qui conduisait au Golden Gate. De l'autre côté de la baie, les collines de Tiburon émergeaient péniblement de la brume.

— Je vous emmène déjeuner au bord de l'eau ! hurla Lucas dans le vent. Les meilleurs crabes de la région ! Vous aimez le crabe, n'est-ce pas ?

Par politesse, Zofia acquiesça. L'avantage quand on ne se sustente pas, c'est que l'on peut choisir sans aucune difficulté ce que l'on ne va pas manger.

L'air était doux, l'asphalte défilait en un trait continu sous les roues de la voiture et la musique que jouait la radio était enchanteresse. L'instant présent ressemblait à s'y méprendre à un morceau de bonheur, qu'il ne restait plus qu'à partager. La voiture quitta la voie rapide pour une petite route, dont les lacets se déroulaient jusqu'au port de pêche de Sausalito. Lucas se rangea sur le parking face à la jetée. Il fit le tour du véhicule et ouvrit la portière de Zofia.

– Si vous voulez bien me suivre.

Il lui tendit le bras et l'aida à s'extraire de l'habitacle. Ils marchèrent sur le trottoir qui bordait la mer. De l'autre côté de la rue, un homme était tiré en laisse par un magnifique golden retriever au pelage couleur sable. En passant à leur hauteur, il regarda Zofia et s'encastra de plein fouet dans le réverbère.

Elle voulut traverser aussitôt pour lui porter assistance, mais Lucas la retint par le bras : ce genre de chien était spécialisé dans les sauvetages. Il l'entraîna à l'intérieur de l'établissement. L'hôtesse prit deux menus et les guida à une table en terrasse. Lucas invita Zofia à prendre place sur la banquette qui faisait face à la mer. Il commanda un vin blanc pétillant. Elle prit un bout de pain pour le lancer à une mouette perchée sur la balustrade qui la guettait du regard. L'oiseau attrapa le morceau au vol et

131

s'élança vers le ciel, traversant la baie à grands coups d'aile.

À quelques kilomètres de là, sur l'autre rive, Jules arpentait les quais. Il s'approcha du bord et envoya d'un coup de pied sec un caillou ricocher par sept fois avant de le regarder sombrer. Il enfouit ses mains dans les poches de son vieux pantalon de tweed et regarda le trait de la berge opposée qui se découpait sur l'eau. Son air était aussi troublé que les flots, son humeur aussi houleuse. La voiture de l'inspecteur Pilguez qui quittait le Fisher's Deli et remontait sirène hurlante vers la ville le tira de ses pensées. Une rixe avait viré à l'émeute dans Chinatown, et toutes les unités étaient appelées en renfort. Jules fronça les yeux. Il grommela et retourna sous son arche. Assis sur une cagette en bois, il réfléchit : quelque chose le contrariait. Une feuille de journal qui volait dans le vent se posa dans une flaque, juste devant lui. Elle s'imbiba d'eau et, petit à petit, la photo de Lucas au verso apparut en transparence. Jules n'aimait pas du tout le frisson qui venait de lui parcourir l'échine.

*

La serveuse déposa sur la table une marmite fumante qui débordait de pinces de crabe. Lucas servit Zofia et jeta un bref coup d'œil aux plastrons qui accompagnaient le rince-doigts. Il lui en offrit un, qu'elle refusa, Lucas renonça également à s'en attacher un autour du cou.

– Je dois avouer que la bavette n'est pas un accessoire très seyant. Vous ne mangez pas ? demanda-t-il.

– Je ne crois pas, non.

– Vous êtes végétarienne !

– L'idée de manger des animaux me semble toujours un peu bizarre.

– C'est dans l'ordre des choses, il n'y a rien de bizarre à cela.

– Un peu, quand même, si !

– Mais toutes les créatures de la terre en mangent d'autres pour survivre.

– Oui, mais moi les crabes ne m'ont rien fait. Je suis désolée, dit-elle en repoussant légèrement l'assiette qui visiblement l'écœurait.

– Vous avez tort, c'est la nature qui veut ça. Si les araignées ne se nourrissaient pas d'insectes, ce serait les insectes qui nous mangeraient.

– Eh bien, justement, les crabes sont de grosses araignées, alors il faut les laisser tranquilles !

Lucas se retourna et appela la serveuse. Il demanda la carte des desserts et très courtoisement indiqua qu'ils avaient fini.

– Je ne dois pas vous empêcher de manger, dit Zofia, rougissante.

– Vous m'avez rallié à la cause du crustacé !

Il déplia la carte et désigna du doigt un fondant au chocolat.

– Je pense que là, nous ne ferons de mal qu'à nous-mêmes. Ça doit bien chercher dans les mille calories un truc comme ça !

Curieuse de tester la justesse de son intuition sur les Anges Vérificateurs, Zofia interrogea Lucas sur ses véritables fonctions, il éluda la réponse. Il y avait d'autres sujets plus intéressants qu'il souhaitait partager avec elle et, pour commencer, ce qu'elle faisait d'autre dans la vie que de veiller à la sécurité du port marchand. Comment occupait-elle ses temps libres ? Même au singulier, dit-elle, l'expression lui semblait étrangère. En dehors des heures qu'elle passait sur les docks, elle œuvrait dans diverses associations, enseignait à l'institut des malvoyants, s'occupait de personnes âgées et d'enfants hospitalisés. Elle aimait leur compagnie, il y avait entre eux un trait d'union magique. Seuls les enfants et les personnes âgées voyaient ce que beaucoup d'hommes ignoraient, le temps perdu d'avoir été adultes. À ses yeux, les rides de la vieillesse formaient les plus belles écritures de la vie, celles où les enfants apprendraient à lire leurs rêves.

Lucas la regarda, fasciné.

– Vous faites vraiment tout ça ?

– Oui !

– Mais pourquoi ?

Zofia ne répondit pas. Lucas avala la dernière gorgée de son café pour retrouver un semblant de contenance, puis il en commanda un autre. Il prit tout son temps pour le boire et tant pis si le breuvage était devenu froid, tant pis si le gris du ciel virait au sombre. Il aurait voulu que cette conversation ne s'arrête pas, pas déjà, pas maintenant. Il proposa à Zofia de faire quelques pas au bord de l'eau. Elle resserra le col de son pull autour de son cou et se leva. Elle le remercia pour le gâteau, c'était la première fois qu'elle goûtait au chocolat et elle en découvrait la saveur incroyable. Lucas lui dit qu'il croyait bien qu'elle se moquait de lui, mais, à l'expression joyeuse que la jeune femme lui adressa, il sut qu'elle ne lui mentait pas. Une autre chose le dérouta bien plus encore : à cet instant précis, Lucas lut l'indicible au fond des yeux de Zofia – elle ne mentait jamais ! Pour la toute première fois, le doute le pénétra et il en resta bouche bée.

– Lucas, je ne sais pas ce que j'ai dit, mais, en l'absence d'araignée, vous prenez un risque énorme !

– Pardon ?

– Si vous gardez la bouche ouverte comme ça, vous allez finir par gober une mouche !

– Vous n'avez pas froid ? dit Lucas en se redressant, droit comme un bâton.

– Non, ça va, mais si nous nous mettons en marche ça ira encore mieux.

La grève était presque déserte. Un immense goéland semblait courir sur l'eau à la recherche de son envol. Ses pattes s'arrachèrent aux flots, soulevant quelque écume à la crête des vagues. L'oiseau s'éleva enfin, fit un lent virage et s'éloigna indolemment dans le rai de lumière qui traversait la couche de nuages. Les claquements d'ailes se fondirent dans le clapot du ressac. Zofia se courba, luttant contre le vent qui soufflait par bourrasques en étrillant le sable. Un léger frisson parcourut son corps. Lucas ôta sa veste pour la lui déposer sur les épaules. L'air chargé d'embruns venait fouetter ses joues. Son visage s'éclaira d'un immense sourire, comme un ultime rempart au rire qui la gagnait, un rire sans prétexte, sans raison apparente.

— Pourquoi riez-vous ? demanda Lucas, intrigué.

— Je n'en ai pas la moindre idée.

— Alors ne vous arrêtez surtout pas, cela vous va vraiment bien.

— Ça va bien à tout le monde.

Une fine pluie se mit à tomber, creusant la plage de mille petits cratères.

— Regardez, dit-elle, on dirait la Lune, vous ne trouvez pas ?

— Si, un peu !

— Vous avez l'air triste tout à coup.

— Je voudrais que le temps s'arrête.

Zofia baissa les yeux et avança.

Lucas se retourna pour marcher face à elle. Il continua sa progression à reculons, précédant les pas de Zofia qui s'amusait à poser méticuleusement les pieds dans ses traces.

— Je ne sais pas comment dire ces choses-là, reprit-il d'un air d'enfant.

— Alors ne dites rien.

Le vent chassa les cheveux de Zofia devant son visage, elle les repoussa en arrière. Une fine mèche s'était enchevêtrée dans ses longs cils.

— Je peux ? dit-il en avançant la main.

— C'est drôle, vous avez l'air timide tout à coup.

— Je ne m'en rendais pas compte.

— Alors ne vous arrêtez surtout pas... cela vous va vraiment bien.

Lucas se rapprocha de Zofia et l'expression de

leurs deux visages changea. Elle ressentit au creux de la poitrine quelque chose qu'elle ne possédait pas : *un infime battement qui résonnait jusqu'à ses tempes.* Les doigts de Lucas tremblaient délicatement, retenant la promesse d'une caresse fragile qu'il déposa sur la joue de Zofia.

— Voilà, dit-il en délivrant ses yeux.

Un éclair déchira le ciel obscurci, le tonnerre retentit et une pluie lourde vint s'abattre sur eux.

— J'aimerais vous revoir, dit Lucas.

— Moi aussi, un peu plus au sec peut-être, mais moi aussi, répondit Zofia.

Il prit Zofia sous son épaule et l'entraîna en courant vers le restaurant. La terrasse en bois blanchi avait été abandonnée. Ils s'abritèrent sous l'auvent en tuiles d'ardoise et regardèrent ensemble l'eau qui débordait de la gouttière. Sur la balustrade, la mouette gourmande se moquait bien de l'averse et les dévisageait. Zofia se pencha et ramassa un quignon de pain trempé. Elle l'essora et le lança au loin. Le volatile s'enfuit vers le large, la gueule pleine.

— Comment vous reverrai-je ? demanda Lucas.

— De quel univers venez-vous ?

Il hésita.

— Quelque chose comme l'enfer !

Zofia hésita à son tour, elle le détailla et sourit.

— C'est ce que disent souvent ceux qui ont vécu à Manhattan quand ils arrivent ici.

Le temps virait à la tempête, maintenant il fallait presque hurler pour s'entendre. Zofia prit la main de Lucas et dit d'une voix douce :

— D'abord vous me contacterez. Vous prendrez de mes nouvelles, et au cours de la conversation vous proposerez un rendez-vous. Là, je vous répondrai que j'ai du travail, que je suis occupée ; alors vous suggérerez une autre date et je vous dirai que celle-ci convient parfaitement, car, justement, je viendrai d'annuler quelque chose.

Un nouvel éclair zébra le ciel devenu noir. Sur la plage le vent soufflait désormais en rafales. Ce temps avait des airs de fin du monde.

— Vous ne voudriez pas que l'on se mette plus à l'abri ? demanda Zofia.

— Comment allez-vous ? dit Lucas pour seule réponse.

— Bien ! Pourquoi ? répondit-elle, étonnée.

— Parce que j'aurais voulu vous inviter à passer l'après-midi avec moi... mais vous n'êtes pas libre, vous avez du travail, vous êtes occupée. Peut-être qu'un dîner ce soir serait parfait ?

Zofia sourit. Il ouvrit son manteau pour l'abriter et l'entraîna ainsi vers la voiture. La mer démontée abordait le trottoir désert. Lucas fit traverser Zofia. Il lutta pour ouvrir la portière plaquée par les assauts du vent. Le bruit assourdissant de la tempête s'étouffa dès qu'ils furent à l'abri et ils reprirent la route sous une pluie battante. Lucas déposa Zofia devant un garage, comme elle le lui avait demandé. Avant de la quitter, il consulta sa montre. Elle se pencha à sa fenêtre.

— J'avais un dîner ce soir, mais j'essaierai de l'annuler, je vous téléphonerai sur votre portable.

Il sourit, démarra et Zofia le suivit du regard,

jusqu'à ce que la voiture disparaisse dans le flot de Van Ness Avenue.

Elle alla payer la recharge de sa batterie et les frais de remorquage de sa voiture. Lorsqu'elle s'engagea dans Broadway, l'orage était passé. Le tunnel débouchait directement au cœur du quartier chaud de la ville. À un passage clouté, elle repéra un pick-pocket qui s'apprêtait à fondre sur sa victime. Elle se rangea en double file, sortit de la Ford et courut vers lui.

Elle interpella sans ménagement l'homme, qui recula d'un pas : son attitude était menaçante.

– Très mauvaise idée, dit Zofia en pointant du doigt la femme à l'attaché-case qui s'éloignait.

– T'es flic ?

– La question n'est pas là !

– Alors, barre-toi, connasse !

Et il courut à toute vitesse vers sa proie. Alors qu'il approchait d'elle, sa cheville dévissa et il s'étala de tout son long. La jeune femme qui avait grimpé dans un Cablecar* ne se rendit compte de rien. Zofia attendit qu'il se relève pour rejoindre son véhicule.

En ouvrant la portière, elle se mordit la lèvre inférieure, mécontente d'elle-même. Quelque chose avait interféré avec ses intentions. L'objectif était atteint, mais pas comme elle l'aurait voulu : raisonner l'agresseur n'avait pas suffi. Elle reprit la route et se rendit vers les docks.

---

* Le tramway de San Francisco.

*

— Dois-je aller garer votre voiture, monsieur ?

Lucas sursauta et releva la tête, il fixa le voiturier qui le détaillait d'un air étrange.

— Pourquoi me regardez-vous comme ça ?

— Vous restiez sans bouger dans votre voiture depuis cinq bonnes minutes, alors je me disais...

— Qu'est-ce que vous vous disiez ?

— J'ai cru que vous ne vous sentiez pas bien, surtout quand vous avez posé votre tête sur le volant.

— Eh bien, ne croyez pas, ça vous évitera des tas de déceptions !

Lucas sortit de son coupé et lança les clés au jeune homme. Quand les portes de l'ascenseur s'ouvrirent, il tomba nez à nez avec Elizabeth, qui se pencha vers lui pour lui dire bonjour. Lucas fit aussitôt un pas en arrière.

— Vous m'avez déjà salué ce matin, Elizabeth, dit Lucas en faisant la grimace.

— Vous aviez raison pour les escargots, c'est délicieux ! Bonne journée !

Les portes de la cabine s'ouvrirent sur le neuvième étage, et elle disparut dans le couloir.

Ed accueillit Lucas à bras ouverts.

— C'est une bénédiction de vous avoir rencontré, mon cher Lucas !

— On peut appeler cela comme ça, dit Lucas en refermant la porte du bureau.

Il avança vers le vice-président et s'installa dans un fauteuil. Heurt agita le *San Francisco Chronicle*.

— Nous allons faire de grandes choses ensemble.

— Je n'en doute pas.

— Vous n'avez pas l'air d'aller bien ?

Lucas soupira. Ed ressentit l'exaspération de Lucas. Il secoua à nouveau joyeusement la page du journal où figurait le papier d'Amy.

— Formidable, l'article ! Je n'aurais pas fait mieux.

— Il est déjà publié ?

— Ce matin ! Comme elle me l'avait promis. Elle est délicieuse cette Amy, n'est-ce pas ? Elle a dû y travailler toute la nuit.

— Quelque chose comme ça, oui.

Ed pointa du doigt la photo de Lucas.

— Je suis idiot, j'aurais dû vous remettre une photo de moi avant le rendez-vous, mais tant pis, vous êtes très bien vous aussi.

— Je vous remercie.

— Vous êtes certain que tout va bien, Lucas ?

— Oui, monsieur le président, je vais très bien !

— Je ne sais pas si mon instinct me trompe, mais vous avez l'air un peu bizarre.

Ed déboucha le carafon en cristal, servit un verre d'eau à Lucas et ajouta d'un air faussement compatissant :

— Si vous aviez des soucis, même d'ordre personnel, vous pouvez toujours vous confier à moi. Nous sommes une grande maison mais avant tout une grande famille !

— Vous vouliez me voir, monsieur le président ?

— Appelez-moi Ed !

Extatique, Heurt commenta son dîner de la veille qui s'était déroulé au-delà de toutes ses espérances. Il avait instruit ses collaborateurs de son intention de fonder au sein du groupe un nouveau département qu'il baptiserait : Division Innovations. Le but de cette nouvelle unité serait de mettre en œuvre des outils commerciaux inédits pour conquérir de nouveaux marchés. Ed en prendrait la tête : cette expérience serait pour lui comme une cure de jouvence. L'action lui manquait. À l'heure où il lui parlait, plusieurs sous-directeurs se réjouissaient déjà à l'idée de former la nouvelle garde rapprochée du futur président. Décidément, Judas ne vieillirait jamais... il savait même être pluriel, pensa Lucas. Poursuivant son exposé, Heurt conclut qu'une petite concurrence avec son associé ne pourrait pas faire de mal, bien au contraire, un apport d'oxygène est toujours bénéfique.

— Vous partagez cette opinion avec moi, Lucas ?

— Tout à fait, répondit-il en hochant la tête.

Lucas était aux anges : les intentions de Heurt allaient bien au-delà de ses espérances et laissaient présager la réussite de son projet. Au 666 Market Street, l'air du pouvoir ne tarderait pas à se raréfier. Les deux hommes discutèrent de la réaction d'Antonio. Il était plus que probable que son associé s'oppose à ses nouvelles idées. Il fallait un coup d'éclat pour lancer sa division, mais mettre au point une opération d'envergure n'était pas une chose aisée et demandait beaucoup de temps, rappela Heurt. Le vice-président rêvait d'un marché prestigieux qui légitimerait le pouvoir qu'il voulait conquérir. Lucas se leva et posa le dossier qu'il tenait sous le bras devant Ed. Il l'ouvrit pour en extraire un épais document :

La zone portuaire de San Francisco s'étendait sur de nombreux kilomètres, bordant pratiquement toute la côte est de la ville. Elle était en perpétuelle mutation. L'activité des docks survivait, au grand regret du monde immobilier qui avait pourtant bataillé ferme pour l'extension du port de plaisance et la transformation des terrains de front de mer, les plus prisés de la ville. Les petits voiliers avaient trouvé un ancrage dans une seconde marina, victoire des mêmes promoteurs qui avaient réussi à déplacer leur bataille un peu plus au nord. La création de cette unité résidentielle avait fait l'objet de toutes les convoitises des milieux d'affaires, et les maisons qui bordaient l'eau s'étaient arrachées à prix d'or. Plus avant, on avait aussi construit de gigantesques terminaux qui accueillaient les immenses paquebots. Les flots de passagers qu'ils déversaient suivaient une promenade récemment aménagée qui les conduisait au quai 39. La zone touristique avait donné naissance à une multitude de commerces et de restaurants. Les multiples activités des quais étaient source de gigantesques profits et d'âpres batailles d'intérêts. Depuis dix ans, les directeurs immobiliers de la zone portuaire se succédaient au rythme de un tous les quinze mois, signe indicateur des guerres d'influence qui ne cessaient de se dérouler autour de l'acquisition et de l'exploitation des rives de la cité.

— Où voulez-vous en venir ? demanda Ed.

Lucas sourit malicieusement et déplia un plan : sur le cartouche on pouvait lire « Port de San Francisco, Docks 80 ».

— À l'attaque de ce dernier bastion !

Le vice-président voulait un trône, Lucas lui offrait un sacre !

Il se rassit pour détailler son projet. La situation des docks était précaire. Le travail, toujours dur, était souvent dangereux, le tempérament des dockers fougueux. Une grève pouvait s'y propager plus vite qu'un virus. Lucas avait déjà fait le nécessaire pour que l'atmosphère y soit explosive.

— Je ne vois pas en quoi cela nous sert, dit Ed en bâillant.

Lucas reprit d'un air détaché :

— Tant que les entreprises de logistique et de fret paient leurs salaires et leurs loyers, personne n'ose les déloger. Mais cela pourrait changer assez vite. Il suffirait d'une nouvelle paralysie de l'activité.

— La direction du port n'ira jamais dans cette direction. Nous allons rencontrer beaucoup trop de résistances.

— Cela dépend des courants d'influence, dit Lucas.

— Peut-être, reprit Heurt en dodelinant de la tête, mais, pour un projet de cette envergure, il nous faudrait des appuis tout au sommet.

— Ce n'est pas à vous qu'il faut expliquer comment on tire les ficelles du lobbying ! Le directeur immobilier du port est à deux doigts d'être remplacé. Je suis certain qu'une prime de départ l'intéresserait au plus haut point.

— Je ne vois pas de quoi vous parlez !

— Ed, vous auriez pu inventer la colle au dos des enveloppes qui circulent sous les tables !

Le vice-président se redressa dans son fauteuil, ne

sachant pas s'il devait se sentir flatté par cette remarque. En se dirigeant vers la porte, Lucas apostropha son employeur :

– Dans la chemise bleue, vous trouverez aussi une fiche d'informations détaillées sur notre candidat à une riche retraite. Il passe tous ses week-ends au lac Tahoe, il est criblé de dettes. Débrouillez-vous pour m'obtenir au plus vite un rendez-vous avec lui. Imposez un lieu très confidentiel, et laissez-moi faire le reste.

Heurt compulsa nerveusement les folios du dossier. Il regarda Lucas, médusé, et fronça les sourcils.

– À New York, vous faisiez de la politique ?

La porte se referma.

L'ascenseur était sur le palier, Lucas le laissa repartir à vide. Il sortit son portable, l'alluma et composa fébrilement le numéro de sa messagerie vocale. « Vous n'avez pas de nouveau message », répéta par deux fois la voix aux intonations de robot. Il raccrocha et fit rouler la molette de son téléphone jusqu'à afficher la petite enveloppe texto : elle était vide. Il coupa l'appareil et entra dans la cabine. Quand il ressortit dans le parking, il s'avoua que quelque chose qu'il n'arrivait pas à identifier le troublait : *un infime battement au creux de sa poitrine qui résonnait jusque dans ses tempes.*

*

Le concile durait depuis plus de deux heures. Les répercussions de la chute de Gomez au fond de la

cale du *Valparaiso* prenaient des proportions inquié-
tantes. L'homme était toujours en réanimation.
Toutes les heures, Manca téléphonait à l'hôpital
pour s'enquérir de son état : les médecins réser-
vaient encore leur diagnostic. Si le calier venait à
décéder, personne ne pourrait plus contrôler la
colère qui grondait sourdement sur les quais. Le
chef du syndicat de la côte ouest s'était déplacé pour
assister à la réunion. Il se leva pour se resservir une
tasse de café. Zofia en profita pour quitter discrètement la salle où se tenaient les débats. Elle sortit
du bâtiment et s'éloigna de quelques pas pour se
cacher derrière un container. À l'abri des regards
indiscrets, elle composa un numéro. L'annonce du
répondeur était brève : « Lucas », suivait immédiatement le bip.

— C'est Zofia, je suis libre ce soir, rappelez-moi
pour me dire comment nous nous retrouverons. À
tout à l'heure.

En raccrochant, elle regarda son téléphone
portable et, sans vraiment savoir pourquoi, elle
sourit.

À la fin de l'après-midi, les délégués avaient
reporté à l'unanimité leur décision. Il leur faudrait
du temps pour y voir plus clair. La commission d'enquête ne publierait son expertise sur les causes du
drame que tard dans la nuit et le San Francisco
Memorial Hospital attendait également le bilan
médical du matin à venir pour se prononcer sur les
chances de survie du docker. En conséquence, la
séance fut levée et reportée au lendemain. Manca
convoquerait les membres du bureau dès qu'il aurait

reçu les deux rapports, et une assemblée générale se tiendrait aussitôt après.

Zofia avait besoin de prendre le grand air. Elle s'accorda quelques minutes de répit pour marcher le long du quai. À quelques pas, la proue rouillée du *Valparaiso* se balançait au bout de ses amarres, le navire était enchaîné comme un animal de mauvais augure. L'ombre du grand cargo se reflétait par intermittence sur les nappes huileuses qui ondulaient au gré du clapot. Le long des coursives, des hommes en uniforme allaient et venaient, s'activant à toutes sortes d'inspections. Le commandant du vaisseau les observait, appuyé à la balustrade de sa vigie. À en juger par la façon dont il lança sa cigarette par-dessus bord, il y avait fort à craindre que les heures à venir ne soient encore plus troubles que les eaux dans lesquelles le mégot s'étiola. La voix de Jules rompit la solitude du lieu que les mouettes ébréchaient de leurs cris.

— Ça ne donne pas envie de faire un plongeon, n'est-ce pas ? Sauf si c'est le grand !

Zofia se retourna et le détailla tendrement. Ses yeux bleus étaient usés, sa barbe insolente, ses vêtements défraîchis, mais le dénuement n'ôtait rien à son charme. Chez cet homme, l'élégance se portait au fond du cœur. Jules avait enfoui ses mains dans les poches de son vieux pantalon de tweed aux motifs à carreaux.

— C'est du prince-de-galles, mais je crois qu'il y a pas mal de temps que le prince s'est fait la malle.

— Et votre jambe ?

— Disons qu'elle tient toujours à côté de l'autre et que ce n'est déjà pas si mal.

— Vous avez fait refaire le pansement ?

— Et toi, comment vas-tu ?

— Un petit mal de tête, cette réunion n'en finissait plus.

— Un peu mal au cœur aussi ?

— Non, pourquoi ?

— Parce qu'aux heures auxquelles tu traînes par ici ces derniers temps, je doute que ce soit pour venir prendre le soleil.

— Ça va, Jules, j'avais juste envie d'un peu d'air frais.

— Et le plus frais que tu aies trouvé, c'est autour d'un bassin qui pue le poisson crevé. Mais je suppose que tu dois avoir raison : tu vas très bien !

Les hommes qui inspectaient le vieux bateau descendirent par l'échelle de coupée. Ils entrèrent dans deux Ford noires (dont les portières ne firent aucun bruit en se refermant), qui roulèrent lentement vers la sortie de la zone portuaire.

— Si tu pensais prendre ta journée de congé demain, n'y compte plus ! J'ai bien peur qu'elle ne soit encore plus chargée que d'habitude.

— Je le crains aussi.

— Alors, où en étions-nous ? reprit Jules.

— Au moment où j'allais me disputer avec vous pour vous emmener refaire votre pansement ! Restez là, je vais chercher ma voiture.

Zofia ne lui laissa pas le loisir d'argumenter et s'éloigna.

— Mauvaise joueuse ! bougonna-t-il dans sa barbe.

Après avoir raccompagné Jules, Zofia fit route vers son appartement. Elle conduisait d'une main et cherchait son portable de l'autre. Il devait encore se cacher au fond de son grand sac et, comme elle ne le trouvait pas... le premier feu passa au rouge. À l'arrêt, elle retourna le fourre-tout sur le siège à sa droite et prit le combiné au milieu du désordre.

Lucas avait laissé un message, il passerait la prendre en bas de chez elle à sept heures et demie. Elle consulta sa montre, il lui restait exactement quarante-sept minutes pour rentrer embrasser Mathilde et Reine et se changer. Une fois n'étant pas coutume... elle se pencha, ouvrit la boîte à gants et posa son gyrophare bleu sur la plage avant. Sirène hurlante, elle remonta 3rd Street à vive allure.

*

Lucas s'apprêtait à quitter son bureau. Il prit la gabardine accrochée sur un cintre au portemanteau et la passa sur ses épaules. Il éteignit la lumière et la ville apparut en noir et blanc derrière la baie vitrée. Il allait refermer la porte lorsque le téléphone se mit à grelotter. Il retourna sur ses pas pour prendre l'appel. Ed l'informa que le rendez-vous qu'il avait sollicité aurait lieu à dix-neuf heures trente précises. Dans la pénombre, Lucas griffonna l'adresse sur un morceau de papier.

– Je vous téléphonerai dès que j'aurai trouvé un terrain d'entente avec notre interlocuteur.

Lucas raccrocha sans plus de civilités et s'approcha de la vitre. Il regardait les rues qui s'étendaient en contrebas. De cette hauteur, les files de lumières blanches et rouges délinéées par les feux de voitures dessinaient une immense toile d'araignée qui scintillait dans la nuit. Lucas plaqua son front contre le carreau, une auréole de buée se forma devant sa bouche, au centre, un petit point de lumière bleue clignotait. Au loin, un gyrophare remontait vers Pacific Heights. Lucas soupira, mit les mains dans les poches de son manteau et sortit de la pièce.

*

Zofia coupa la sirène et rangea le gyrophare ; il y avait une place devant la porte de la maison, elle s'y gara aussitôt. Elle grimpa l'escalier quatre à quatre et entra dans son appartement.

– Ils sont nombreux à te poursuivre ? demanda Mathilde.

– Pardon ?

– Tu n'es presque pas du tout essoufflée, si tu voyais ta tête !

– Je vais me préparer, je suis très en retard ! Comment s'est passée ta journée ?

– À l'heure du déjeuner, j'ai fait un petit sprint avec Carl Lewis, c'est moi qui l'ai battu !

– Tu t'es beaucoup ennuyée ?

– Soixante-quatre voitures sont passées dans ta rue, dont dix-neuf vertes !

Zofia revint vers elle et s'assit au pied du lit.

– Je ferai mon possible pour rentrer plus tôt demain.

Mathilde jeta un œil en coin à la pendulette posée sur le guéridon et hocha la tête.

— Je ne veux pas me mêler de ce qui ne me regarde pas...

— Je sors ce soir, mais je ne rentrerai pas tard. Si tu ne dors pas, on pourra parler, dit Zofia en se levant.

— Toi ou moi ? murmura Mathilde en la regardant disparaître dans la penderie.

Elle reparut dix minutes plus tard dans le salon. Une serviette entourait ses cheveux mouillés, une autre sa taille encore humide. Elle posa une petite trousse en tissu sur le rebord de la cheminée et s'approcha du miroir.

— Tu dînes avec petit Lu ? questionna Mathilde.

— Il a téléphoné ? !

— Non ! Pas le moins du monde.

— Alors comment le sais-tu ?

— Comme ça !

Zofia se retourna, posa ses mains sur ses hanches et fit face à Mathilde, l'air très déterminé.

— Tu as deviné comme ça, que je dînais avec Lucas ?

— Sauf à me tromper, il me semble que ce que tu tiens dans ta main droite s'appelle du mascara, et dans ta gauche un pinceau à blush.

— Je ne vois vraiment pas le rapport !

— Tu veux que je te donne un indice ? dit Mathilde d'un ton ironique.

— Tu m'en verrais absolument ravie ! répondit Zofia, légèrement agacée.

– Tu es ma meilleure amie depuis plus de deux ans...

Zofia inclina la tête de côté. Le visage de Mathilde s'illumina d'un sourire généreux.

– ... c'est la première fois que je te vois te maquiller !

Zofia se retourna vers le miroir sans répondre. Mathilde prit nonchalamment le supplément des programmes de télévision et en recommença la lecture pour la sixième fois de la journée.

– Nous n'avons pas la télé ! dit Zofia en étalant délicatement du doigt un peu de brillant à lèvres.

– Ça tombe bien, j'ai horreur de ça ! répondit Mathilde du tac au tac en tournant la page.

Le téléphone sonna dans le sac que Zofia avait laissé sur le lit de Mathilde.

– Veux-tu que je décroche ? lui demanda-t-elle d'une voix innocente.

Zofia se précipita sur le fourre-tout et plongea dedans. Elle prit l'appareil et s'éloigna à l'autre bout de la pièce.

– Non, tu ne veux pas ! grommela Mathilde en attaquant la grille des programmes du lendemain.

Lucas était désolé, il avait pris du retard et il ne pouvait pas passer la chercher. Une table leur était réservée à vingt heures trente au dernier étage de l'immeuble de la Bank of America sur California Street. Le restaurant trois étoiles qui surplombait la ville offrait une magnifique vue du Golden Gate. Zofia le rejoindrait là-bas. Elle raccrocha, gagna le coin cuisine et se pencha à l'intérieur du réfrigérateur. Mathilde entendit la voix caverneuse de son amie lui demander :

– Qu'est-ce qui te ferait plaisir ? J'ai un peu de temps pour te préparer à dîner.

– Une « omelette-salade-yaourt ».

Plus tard, Zofia attrapa son manteau dans la penderie, embrassa Mathilde et referma doucement la porte de l'appartement.

Elle s'installa au volant de la Ford. Avant de démarrer, elle abaissa le pare-soleil et se regarda quelques secondes dans le miroir de courtoisie. La moue dubitative, elle releva sa vitre et tourna la clé de contact. Lorsque la voiture disparut au bout de la rue, le voile à la fenêtre de Reine retomba doucement sur la vitre.

Zofia abandonna son véhicule à l'entrée du parking et remercia le voiturier en livrée rouge qui lui tendait un ticket.

– J'aimerais bien être celui avec qui vous allez dîner ! dit le jeune homme.

– Merci beaucoup, dit-elle, écarlate et ravie.

La porte tambour virevolta et Zofia apparut dans le hall. Après la fermeture des bureaux, seuls le bar au rez-de-chaussée et le restaurant panoramique au dernier étage restaient ouverts au public. Elle se dirigeait d'un pas assuré vers l'ascenseur, lorsqu'elle ressentit une singulière sensation de sécheresse envahir sa bouche. Pour la première fois, Zofia avait soif. Elle consulta l'heure à sa montre. Comme elle avait dix minutes d'avance, elle avisa le comptoir en cuivre derrière la vitrine du café et changea de direction. Elle s'apprêtait à y entrer lorsqu'elle reconnut le profil de Lucas, attablé, en pleine conversation avec le directeur des services immobiliers du port. Elle recula, troublée, et retourna vers l'ascenseur.

Quelque temps plus tard, Lucas se laissait guider par le maître d'hôtel jusqu'à la table où Zofia l'attendait. Elle se leva, il baisa sa main et l'invita à s'asseoir face à la vue.

Au cours du dîner, Lucas posa cent questions auxquelles Zofia répondait par mille autres. Il appréciait le menu gastronomique, elle ne touchait à aucun plat, écartant délicatement la nourriture aux quatre coins de l'assiette. Les interruptions du serveur leur semblaient durer d'éternelles minutes. Quand il s'approcha encore, muni d'un ramasse-miettes qui ressemblait à une faucille barbue, Lucas vint s'asseoir à côté de Zofia et souffla d'un grand coup sur la nappe.

– Voilà, c'est propre maintenant ! Vous pouvez nous laisser, merci beaucoup ! dit-il au garçon.

La conversation reprit aussitôt. Le bras de Lucas trouva appui sur le dossier de la banquette, Zofia ressentit la chaleur de sa main, si proche de sa nuque.

Le garçon s'avança à nouveau, au courroux de Lucas. Il déposa devant eux deux cuillères et un fondant au chocolat. Il fit tourner l'assiette pour la leur présenter, se redressa droit comme un piquet et annonça fièrement son contenu.

– Vous avez bien fait de le préciser, dit Lucas, agacé, on aurait pu confondre avec un soufflé aux carottes !

Le garçon s'éloigna discrètement. Lucas se pencha vers Zofia.

– Vous n'avez rien mangé.

– Je mange très peu, répondit-elle en baissant la tête.

– Goûtez, pour me faire plaisir, le chocolat est un morceau de paradis en bouche.

– Et un enfer pour les hanches ! reprit-elle.

Il ne lui laissa pas le choix, trancha le fondant, porta une cuillerée jusqu'à la bouche de Zofia et déposa le chocolat chaud sur sa langue. Dans la poitrine de Zofia, les battements sourdaient plus fort et elle cacha sa peur au fond des yeux de Lucas.

– C'est chaud et froid en même temps, c'est doux, dit-elle.

Le plateau que portait le sommelier s'inclina légèrement, le verre à cognac glissa. Quand il heurta la pierre au sol, il éclata en sept morceaux, tous identiques. La salle se tut, Lucas toussota et Zofia brisa le silence.

Elle avait encore deux questions à poser à Lucas, mais elle voulut qu'il lui promette d'y répondre sans détour, et il promit.

– Que faisiez-vous en compagnie du directeur immobilier du port ?

– C'est étrange que vous me demandiez cela.

– On avait dit sans détour !

Lucas regarda fixement Zofia, elle avait posé sa main sur la table, la sienne s'en approcha.

– C'était un rendez-vous professionnel, comme la dernière fois.

– Ce n'était pas une vraie réponse, mais vous anticipez ma seconde question. Quel est votre métier ? Pour qui travaillez-vous ?

– Nous pourrions dire que je suis en mission.

Les doigts de Lucas pianotèrent fébrilement sur la nappe.

– Quel genre de mission ? reprit Zofia.

Les yeux de Lucas abandonnèrent Zofia un instant, un certain regard avait détourné son attention : au fond de la salle, il venait de reconnaître Blaise, le sourire malin au coin des lèvres.

– Qu'y a-t-il ? demanda-t-elle. Vous ne vous sentez pas bien ?

Lucas était métamorphosé. Zofia reconnaissait à peine celui qui avait partagé cette soirée riche de sentiments inédits.

– Ne me posez aucune question, dit-il. Allez au vestiaire, prenez votre manteau et rentrez chez vous. Je vous contacterai demain, je ne peux rien vous expliquer maintenant, j'en suis désolé.

– Qu'est-ce qui vous prend ? dit-elle, le visage interdit.

– Partez, maintenant !

Elle se leva et traversa la salle. Les moindres bruits venaient à ses oreilles : le couvert qui tombe, les verres qui s'entrechoquent, le vieux monsieur qui s'essuie la lèvre supérieure d'un mouchoir presque aussi vieux que lui, la femme mal habillée qui regarde la pâtisserie dévorée d'envie, l'homme d'affaires qui joue son propre rôle en lisant un journal, sur le chemin entre les tables ce couple qui ne parle plus depuis qu'elle s'est levée. Elle pressa le pas, enfin les portes de l'ascenseur se refermèrent. Tout en elle n'était plus qu'émotions contredites.

Elle courut jusqu'à la rue où le vent la saisit. Dans la voiture qui s'enfuyait, il n'y avait plus qu'elle et un frisson de mélancolie.

Quand Blaise s'assit à la place que Zofia venait d'abandonner, Lucas serra les poings.

— Alors, comment vont nos affaires ? dit-il, jovial.

— Qu'est-ce que vous foutez là ? demanda Lucas d'une voix qui ne cherchait nullement à cacher son irritation.

— Je suis responsable de la communication interne et externe, alors je viens un peu communiquer... avec vous !

— Je n'ai aucun compte à vous rendre !

— Lucas, Lucas, allons ! Qui parle de comptabilité ? Je viens simplement m'inquiéter de la santé de mon poulain, et, à ce que j'ai vu, il a l'air de se porter à merveille.

Blaise se fit aussi mielleux que faussement amical.

— Je savais que vous étiez brillant, mais là, je dois avouer que je vous avais sous-estimé.

— Si c'est tout ce que vous aviez à me dire, je vous invite à prendre congé !

— Je l'ai regardée pendant que vous la berciez de vos sérénades, et je dois reconnaître qu'au moment du dessert j'étais impressionné ! Parce que là, mon vieux, ça frise le génie !

157

Lucas scruta Blaise attentivement, cherchant à décrypter ce qui pouvait rendre hilare ce parfait abruti.

– La nature n'a pas été très heureuse avec vous, Blaise, mais ne désespérez pas. Il y aura bien un jour chez nous une pénitente qui aura commis quelque chose de suffisamment grave pour être condamnée à passer quelques heures dans vos bras !

– Ne soyez pas faussement modeste, Lucas, j'ai tout compris et j'approuve. Votre intelligence me surprendra toujours.

Lucas se retourna pour demander d'un signe de la main qu'on lui porte l'addition. Blaise s'en empara et tendit une carte de crédit au maître d'hôtel.

– Laissez, c'est pour moi !

– Où voulez-vous en venir exactement ? demanda Lucas en reprenant l'addition des doigts moites de Blaise.

– Vous pourriez m'accorder plus de confiance. Dois-je vous rappeler que c'est grâce à moi que cette mission vous a été confiée ? Alors ne jouons pas aux imbéciles puisque nous savons très bien tous les deux !

– Que savons-nous ? dit Lucas en se levant.

– Qui elle est !

Lucas se rassit lentement et dévisagea Blaise.

– Et qui est-elle ?

– Mais elle est l'autre, mon cher..., votre autre !

La bouche de Lucas s'entrouvrit légèrement, comme si l'air se raréfiait soudain. Blaise enchaîna :

– Celle qu'ils ont envoyée contre vous. Vous êtes notre démon, elle est leur ange, leur élite.

Blaise se pencha vers Lucas, qui fit un mouvement en arrière.

– Ne soyez pas dépité comme ça, mon vieux, enchaîna-t-il, c'est mon métier de tout savoir. Je me devais bien de vous féliciter. La tentation de l'ange n'est plus une victoire pour notre camp, c'est un triomphe ! Et c'est bien de cela qu'il s'agit, n'est-ce pas ?

Lucas avait senti une pointe d'appréhension dans la dernière question de Blaise.

– N'est-ce pas votre métier que de tout savoir, mon vieux ? ajouta Lucas avec une ironie mêlée de colère.

Il quitta la table. Alors qu'il traversait la salle, il entendit la voix de Blaise :

– J'étais aussi venu vous dire de rallumer votre portable. On vous cherche ! La personne que vous avez approchée ces dernières heures souhaiterait beaucoup pouvoir conclure un accord ce soir.

L'ascenseur se referma sur Lucas. Blaise avisa l'assiette de dessert inachevée, il se rassit et trempa son doigt moite dans le chocolat.

*

La voiture de Zofia filait le long de Van Ness Avenue, sur son passage tous les feux passaient au vert. Elle alluma le poste de radio et chercha une fréquence rock. Ses doigts frappaient le volant au gré des percussions, ils tapaient intensément, de plus en plus fort, jusqu'à ce que la douleur envahisse les phalanges. Elle bifurqua dans Pacific Heights et vint se ranger sans ménagement devant la petite maison.

Les fenêtres du rez-de-chaussée étaient éteintes. Zofia monta vers l'étage. Lorsqu'elle posa son pied sur la troisième marche de l'escalier, la porte de Miss Sheridan s'entrouvrit. Zofia suivit le rai de lumière qui filait à travers la pénombre jusque dans l'appartement de Reine.

— Je t'avais prévenue !

— Bonsoir, Reine.

— Assieds-toi donc près de moi, tu me diras plutôt bonsoir en repartant. Quoique, à voir ta mine, il est possible qu'on se dise plutôt bonjour à ce moment-là.

Zofia s'approcha du fauteuil. Elle s'assit sur la moquette et posa sa tête sur l'accoudoir. Reine lui caressa les cheveux avant de prendre la parole :

— Tu as une question, j'espère ? Parce que, moi, j'ai une réponse !

— Je suis bien incapable de vous dire ce que je ressens.

Zofia se leva, avança vers la fenêtre et souleva le voile. La Ford semblait dormir dans la rue. Reine reprit :

— Loin de moi l'idée d'être indiscrète. Enfin, à l'impossible, nul n'est tenu ! À mon âge, le futur rétrécit à vue d'œil, et quand on est presbyte comme je le suis, il y a de quoi s'inquiéter. Alors chaque jour qui passe, je regarde devant moi, avec la fâcheuse impression que la route va s'arrêter à la pointe de mes chaussures.

— Pourquoi dites-vous ça, Reine ?

— Parce que je connais ta générosité, et ta pudeur aussi. Pour une femme de mon âge, les joies, les tristesses de ceux qu'on aime sont comme des kilomètres gagnés dans la nuit qui s'annonce. Vos espoirs, vos envies nous rappellent qu'après nous le chemin continue, que ce que nous avons fait de notre vie a eu un sens, même infime... un tout petit bout de raison d'être. Alors maintenant, tu vas me dire ce qui ne va pas !

— Je ne sais pas !

— Ce que tu ressens s'appelle le manque !

— Il y a tant de choses que j'aimerais pouvoir vous dire.

— Ne t'inquiète pas, je les devine...

Reine souleva doucement le menton de Zofia de la pointe du doigt.

— Réveille-moi donc ton sourire ; il suffit d'une minuscule graine d'espoir pour planter tout un champ de bonheur... et d'un peu plus de patience pour lui laisser le temps de pousser.

— Vous avez aimé quelqu'un, Reine ?

— Tu vois toutes ces vieilles photos dans ces albums, eh bien, elles ne servent strictement à rien ! La plupart des gens qui sont dessus sont déjà morts depuis longtemps et, pourtant, elles sont très importantes pour moi. Sais-tu pourquoi ?... Parce que je les ai prises ! Si tu savais comme je voudrais que mes jambes m'emmènent encore une fois là-bas ! Profite, Zofia ! Cours, ne perds pas de temps ! Nos lundis sont parfois éreintants, nos dimanches maussades, mais Dieu que le renouvellement de la semaine est doux.

Reine ouvrit la paume de sa main, prit l'index de Zofia et lui fit parcourir le trait de sa ligne de vie.

— Sais-tu ce qu'est le Bachert, Zofia ?

Zofia ne répondit pas, la voix de Reine se fit plus douce encore :

— Écoute bien, c'est la plus belle histoire du monde : le Bachert est la personne que Dieu t'a destinée, elle est l'autre moitié de toi-même, ton vrai amour. Alors, toute l'intelligence de ta vie sera de la trouver... et, surtout, de la reconnaître.

Zofia regarda Reine en silence. Elle se leva, lui déposa un baiser plein de tendresse sur le front et lui souhaita bonne nuit. Avant de sortir, elle se retourna pour lui demander une dernière chose :

— Il y a un de vos albums que j'aimerais beaucoup voir.

— Lequel ? Tu les as tous parcourus une bonne dizaine de fois !

— Le vôtre, Reine.

Et la porte se referma doucement sur elle.

Zofia gravit les marches. Sur son palier elle se ravisa, reprit l'escalier sans faire de bruit et réveilla la vieille Ford. La ville était presque déserte. Elle descendit California Street. Un feu la força à marquer l'arrêt devant l'entrée de l'immeuble où elle avait dîné. Le voiturier lui fit un petit signe amical de la main, elle détourna la tête et regarda Chinatown qui s'ouvrait à sa gauche. Quelques blocs plus bas, elle rangea sa voiture le long du trottoir, traversa le parvis à pied, apposa sa main sur la paroi est de la Tour pyramidale et entra dans le hall.

Elle salua Pierre et se dirigea vers l'ascenseur qui conduisait au dernier étage. Quand les portes s'ouvrirent, elle demanda à voir Michaël. L'hôtesse était désolée, le jour oriental était levé et son parrain œuvrait à l'autre bout du monde.

Elle hésita, et demanda si *Monsieur* était disponible.

— En principe oui, mais là, ça risque d'être un peu difficile.

La réceptionniste ne put résister à l'envie de répondre à l'air intrigué de Zofia.

— À vous je peux bien le dire ! *Monsieur* a un dada, un hobby si vous préférez : les fusées ! *Il* en raffole ! L'idée que les hommes en envoient plein dans le ciel le rend hilare. *Il* ne rate jamais un départ, *Il* s'enferme dans son bureau, allume tous ses écrans et personne ne peut plus *Lui* parler. Je ne vous cache pas que ça devient un peu problématique depuis que les Chinois s'y sont mis eux aussi !

— Et il y a un lancement en ce moment ? demanda Zofia, impassible.

— Sauf problème technique, le décollage est prévu dans 37 minutes et 24 secondes ! Vous voulez que je *Lui* laisse un message, c'était important ?

— Non, ne *Le* dérangez pas, j'avais juste une question, je reviendrai.

— Où serez-vous un peu plus tard ? Quand je laisse des mémos incomplets, j'ai toujours droit à une petite réflexion en coin.

— Je vais probablement aller marcher sur les quais,

enfin, je crois. Alors, bonne nuit occidentale, ou bon jour oriental, comme vous préférez !

Zofia quitta la Tour. Une fine pluie tombait, elle marcha sans se presser jusqu'à sa voiture et reprit le volant en direction du quai 80, cet autre endroit de la ville qui était son refuge.

Elle eut envie d'air pur, de voir des arbres, et prit la direction du nord. Elle entra dans le Golden Gate Park par la voie Martin Luther King qu'elle remonta jusqu'au lac central. Le long de la petite route, les réverbères dessinaient des myriades de halos dans la nuit étoilée. Ses phares éclairèrent la petite cabane en bois où les promeneurs viennent louer des barques les jours de beau temps. Le parking était désert, elle y laissa la Ford et marcha jusqu'à un banc sous un lampadaire, où elle s'assit. Poussé par une brise légère, un grand cygne blanc dérivait sur l'eau les yeux clos, passant près d'une grenouille endormie sur un nénuphar. Zofia soupira.

Elle *Le* vit arriver au bout de l'allée. *Monsieur* marchait d'un pas nonchalant, les mains dans les poches. *Il* enjamba le petit grillage et coupa par la pelouse, évitant les massifs de fleurs. *Il* s'approcha et s'assit à côté d'elle.

— Tu as demandé à me voir ?

— Je ne voulais pas vous déranger, *Monsieur*.

— Tu ne me déranges jamais. Tu as un problème ?

— Non, une question.

Les yeux de *Monsieur* s'éclairèrent un peu plus encore.

— Alors je t'écoute, ma fille.

— Nous passons notre temps à prêcher l'amour,

mais nous les anges, nous ne disposons que de théories. Alors, *Monsieur*, qu'est-ce vraiment que l'amour sur terre ?

Il regarda le ciel et prit Zofia sous son épaule.

– Mais c'est la plus belle chose que j'aie inventée ! L'amour c'est une parcelle d'espoir, le renouvellement perpétuel du monde, le chemin de la terre promise. J'ai créé la différence pour que l'humanité cultive l'intelligence : un monde homogène aurait été triste à mourir ! Et puis la mort n'est qu'un moment de la vie pour celui ou celle qui a su aimer et être aimé.

Du bout du pied, Zofia traça fébrilement un rond dans le gravier.

– Mais le Bachert, c'est une histoire vraie ?

Dieu sourit et lui prit la main.

– Belle idée, n'est-ce pas ? que celui qui trouve son autre moitié devienne plus abouti que l'humanité tout entière. Ce n'est pas l'homme qui est unique en soi – si je l'avais voulu ainsi, je n'en aurais créé qu'un ; c'est lorsqu'il commence à aimer qu'il le devient. La création humaine est peut-être imparfaite, mais rien n'est plus parfait dans l'univers que deux êtres qui s'aiment.

– Alors je comprends mieux maintenant, dit Zofia en traçant une ligne droite juste au milieu de son cercle.

Il se leva, remit ses mains dans les poches et s'apprêtait à partir quand *Il* posa sa main sur la tête de Zofia et lui dit d'une parole douce et complice :

– Je vais te confier un grand secret, la seule et unique question que je me pose depuis le premier jour : Est-ce vraiment moi qui ai inventé l'amour, ou est-ce l'amour qui m'a inventé ?

S'éloignant d'un pas léger, Dieu regarda son reflet dans l'eau et Zofia l'entendit grommeler :

— *Monsieur* par-ci, *Monsieur* par-là, il faut vraiment que je me trouve un prénom dans cette maison... déjà qu'ils me vieillissent avec cette barbe...

Il se retourna et demanda à Zofia :

— Que penserais-tu de *Houston* comme prénom ?

Interloquée, Zofia le regarda partir, ses sublimes mains étaient croisées dans son dos, il continuait de marmonner tout seul.

— *Monsieur Houston*, peut-être... Non... *Houston*, c'est parfait !

Et la voix s'éteignit derrière le grand arbre.

Zofia resta seule un long moment. La grenouille juchée sur son nénuphar la regardait fixement, elle coassa par deux fois. Zofia se pencha et lui dit :

— Quoi, quoi ?!

Zofia se leva, rejoignit sa voiture et quitta le Golden Gate Park. Sur la colline de Nob Hill, un clocher sonnait onze coups.

*

Les roues avant s'arrêtèrent de tourner à quelques centimètres du rebord, la calandre de l'Aston Martin surplombait l'eau. Lucas descendit et laissa la portière ouverte. Il posa son pied droit sur le pare-chocs arrière, soupira profondément et renonça. Il s'éloigna de quelques pas, sentant tourner sa tête. Il se pencha au-dessus de l'eau et vomit.

– Ça n'a pas l'air d'aller bien fort !

Lucas se releva et dévisagea le vieux clochard qui lui tendait une cigarette.

– Des brunes, un peu fortes mais vu la circonstance, dit Jules.

Lucas en prit une, Jules avança son briquet, la flamme éclaira leurs deux visages un court instant. Il inhala une profonde bouffée et toussa aussitôt.

– Elles sont bonnes, dit-il en lançant le mégot au loin.

– L'estomac dérangé ? demanda Jules.

– Non ! répondit Lucas.

– Alors, une contrariété peut-être !

– Et vous Jules, comment va votre jambe ?

– Comme le reste, elle boite !

– Alors remettez donc votre bandage avant que ça s'infecte, dit Lucas en s'éloignant.

Jules le regarda se diriger vers les vieux bâtiments à une centaine de mètres de là. Lucas grimpait les marches de l'escalier piqué de rouille et avançait sur la coursive qui longeait la façade au premier étage. Jules lui cria :

– Cette contrariété, elle serait plutôt brune ou blonde ?

Mais Lucas n'entendit pas. La porte du seul bureau à la fenêtre éclairée se referma sur lui.

*

Zofia n'avait aucune envie de rentrer chez elle. En dépit du plaisir d'héberger Mathilde, une part d'intimité lui manquait. Elle marchait sous la vieille tour en brique rouge qui dominait les quais déserts. La pendule incrustée dans le chapiteau conique sonna la demi-heure. Elle s'approcha de la bordure du quai. La proue du vieux cargo tanguait dans la lumière d'une lune à peine délayée d'un léger voile de brume.

— Je l'aime bien, moi, ce rafiot, on a le même âge ! Lui aussi grince quand il bouge, il est encore plus rouillé que moi !

Zofia se retourna et sourit à Jules.

— Je n'ai rien contre lui, dit-elle, mais, si ses échelles étaient en meilleur état, je l'aimerais encore plus.

— Le matériel n'y est pour rien dans cet accident.

— Comment le savez-vous ?

— Les murs des docks ont des oreilles, des petits bouts de mot par-ci forment des petits bouts de phrase par-là...

— Vous savez comment Gomez est tombé ?

— C'est bien là tout le mystère. Avec un jeune on aurait pu croire à un moment d'inattention. Depuis le temps qu'on entend dire à la télé que les jeunes sont plus cons que les vieux..., mais je n'ai pas la télé et le docker était un vieux briscard. Personne ne va gober qu'il a dévissé tout seul sur un barreau.

— Il a pu avoir un malaise ?

— Possible aussi, mais reste à savoir pourquoi il aurait eu ce malaise.

— Mais vous avez votre petite idée !

— J'ai surtout un peu froid, cette saleté d'humidité me rentre jusque dans les os, j'aimerais bien continuer notre conversation mais un peu plus loin.

Près de l'escalier qui monte aux bureaux, là-bas il y a comme un microclimat, ça te dérangerait que nous fassions quelques mètres ensemble ?

Zofia offrit son bras au vieil homme. Ils s'abritèrent sous la coursive qui longeait la façade. Jules se déplaça de quelques pas pour s'installer juste au-dessous de la seule fenêtre encore allumée à cette heure tardive. Zofia savait que les personnes âgées avaient toutes leurs manies et que pour bien les aimer il fallait savoir ne pas contrarier leurs habitudes.

— Voilà, on est bien ici, dit-il, c'est même là qu'on est le mieux !

Ils s'assirent au pied du mur. Jules lissa les plis de son éternel pantalon au motif prince-de-galles.

— Alors, reprit Zofia, pour Gomez ?

— Moi je ne sais rien ! Mais si tu écoutes, il est bien possible que cette petite brise nous raconte quelque chose.

Zofia fronça les sourcils, mais Jules posa un doigt sur ses lèvres. Dans le silence de la nuit, Zofia entendit la voix grave de Lucas résonner dans le bureau, juste au-dessus de sa tête.

*

Heurt était assis au bout de la table en formica. Il poussa un petit colis emballé dans du papier kraft devant le directeur des services immobiliers du port. Terence Wallace avait pris place en face de Lucas.

— Un tiers maintenant. Le second viendra lorsque

votre conseil d'administration aura voté l'expro-
priation des docks et le dernier dès que je signerai
le mandat de commercialisation exclusif des terrains,
dit le vice-président.

— Nous sommes bien d'accord que vos administrateurs devront se réunir avant la fin de la semaine,
ajouta Lucas.

— Le délai est terriblement court, gémit l'homme,
qui n'avait pas encore osé saisir le paquet brun.

— Les élections approchent ! La mairie sera ravie
d'annoncer la transformation d'une zone polluante
en résidences proprettes. Ce sera comme un cadeau
tombé du ciel ! renchérit Lucas en chassant le
paquet vers les mains de Wallace. Votre travail ne
devrait pas être si compliqué que ça !

Lucas se leva pour s'approcher de la fenêtre qu'il
entrebâilla et ajouta :

— Et puisque vous n'aurez bientôt plus besoin de
travailler... vous pourrez même refuser la promotion
qu'ils vous offriront pour vous remercier de les
avoir enrichis...

— Pour avoir trouvé une solution à une crise
annoncée ! reprit Wallace d'une voix minaudière, en
tendant une grande enveloppe blanche à Ed.

— La valeur de chaque parcelle est indiquée dans
ce rapport confidentiel, dit-il. Surévaluez les prix de
dix pour cent et mes administrateurs ne pourront
pas refuser votre offre.

Wallace empoigna son dû et secoua joyeusement
le colis.

— Je les aurai tous réunis vendredi au plus tard,
ajouta-t-il.

Troisième Jour

Le regard de Lucas qui s'échappait par la vitre fut attiré par l'ombre légère qui fuyait en contrebas. Lorsque Zofia monta dans sa voiture, il lui sembla qu'elle le regardait droit dans les yeux. Les feux arrière de la Ford disparurent au loin. Lucas baissa la tête.

— Vous n'avez jamais d'états d'âme, Terence ?

— Ce n'est pas moi qui vais provoquer cette grève ! répondit-il en quittant le bureau.

Lucas refusa qu'Ed le raccompagne et resta seul.

Les cloches de Grace Cathedral sonnèrent minuit. Lucas enfila sa gabardine et glissa ses mains dans les poches. En ouvrant la porte, il caressa du bout des doigts la couverture du petit livre dérobé qui ne le quittait plus. Il sourit, contempla les étoiles et récita :

— Qu'il y ait des luminaires au firmament du ciel pour séparer le jour de la nuit... et qu'ils servent de signes pour séparer la lumière des ténèbres.

Dieu vit que cela était bon.

Il y eut un soir, il y eut un matin...

Quatrième Jour

Mathilde avait gémi presque toutes les heures, la douleur n'avait cessé de troubler son sommeil et sa nuit n'avait connu de répit qu'aux premières lueurs du matin. Zofia s'était levée sans faire de bruit, elle s'était habillée et avait quitté l'appartement sur la pointe des pieds. La fenêtre du palier dispensait un joli soleil. En bas de l'escalier elle avait trouvé Reine qui repoussait du pied la porte d'entrée, les bras pleins d'un bouquet de fleurs énorme.

– Bonjour, Reine.

Reine qui serrait une lettre entre ses lèvres ne pouvait répondre, Zofia avança aussitôt pour l'aider. Elle s'empara de l'immense gerbe et la posa sur la console de l'entrée.

– Vous avez été drôlement gâtée, Reine.

– Moi non, mais toi oui ! Tiens, le petit mot aussi a l'air d'être pour toi ! dit-elle en lui tendant l'enveloppe que Zofia, intriguée, décacheta.

Je vous dois des explications, appelez-moi, s'il vous plaît. Lucas.

Zofia rangea le mot dans sa poche. Reine contemplait les fleurs, mi-admirative, mi-moqueuse.

– Il ne s'est pas foutu de toi, dis donc ! Il y en a près de trois cents, et toutes de variétés différentes ! Je n'aurai jamais un vase suffisamment grand !

Miss Sheridan retourna dans son appartement, Zofia lui emboîta le pas, emportant le somptueux bouquet dans ses bras.

– Pose ces fleurs près de l'évier, je te ferai des bouquets à taille humaine, tu les reprendras en rentrant. File, je vois que tu es déjà en retard.

– Merci, Reine, je passerai tout à l'heure.

– Oui, oui, c'est ça, allez ouste, je déteste ne te voir qu'à moitié et ta tête est déjà ailleurs !

Zofia embrassa sa logeuse et quitta la maison. Reine prit cinq vases dans le placard qu'elle aligna sur la table, chercha son sécateur dans le tiroir de la cuisine et commença ses compositions. Elle lorgna sur une longue branche de lilas qu'elle mit de côté. Quand elle entendit le parquet craquer au-dessus de sa tête, elle abandonna son ouvrage pour préparer le petit déjeuner de Mathilde. Quelques instants plus tard, elle montait l'escalier en marmonnant :

– Hôtelière, fleuriste... et puis quoi maintenant ? Non mais, je te jure !

Zofia rangea sa voiture devant le Fisher's Deli. Elle reconnut l'inspecteur Pilguez en entrant dans le bar ; il l'invita à s'asseoir.

– Comment va notre protégée ?

– Elle se rétablit doucement, sa jambe la fait souffrir plus que son bras.

– C'est normal, dit-il, on n'a plus beaucoup de raison de marcher sur les mains ces derniers temps !

– Qu'est-ce qui vous amène par ici, inspecteur ?

– La chute du docker.

– Et qu'est-ce qui vous rend d'humeur aussi maussade ?

– L'enquête sur la chute du docker ! Vous prenez quelque chose ? dit Pilguez en se retournant vers le comptoir.

Depuis l'accident de Mathilde, l'établissement assurait un service minimum : en dehors des heures de pointe, il fallait s'armer de patience pour obtenir un café.

– Est-ce que l'on sait pourquoi il est tombé ? reprit Zofia.

– La commission d'enquête pense que c'est le barreau de l'échelle qui est en cause.

– C'est plutôt une très mauvaise nouvelle, murmura Zofia.

– Je ne suis pas convaincu par leurs méthodes d'investigation ! J'ai eu un petit accrochage avec leur responsable.

– À quel sujet ?

– J'avais l'impression qu'il faisait des gargarismes en répétant le mot « vermoulu ». Le problème, continua Pilguez, plongé dans ses pensées, c'est que le panneau des fusibles semble n'intéresser aucun des commissaires !

– Que vient-il faire là, votre tableau de fusibles ?

– Ici rien, mais près de la cale, beaucoup ! Il n'y a pas trente-six raisons pour qu'un docker expérimenté tombe. Soit l'échelle est pourrie, je ne dis pas qu'elle était de première jeunesse... soit il y a faute d'inattention : pas le genre de Gomez ! À moins que la cale ne soit très sombre, ce qui devient le cas si la lumière s'éteint brutalement. Alors l'accident est quasiment inévitable.

— Vous suggérez qu'il s'agirait d'un acte de malveillance ?

— Je suggère que le meilleur moyen de faire dévisser Gomez était de couper les projecteurs pendant qu'il était sur l'échelle ! Il faudrait presque porter des lunettes de soleil pour bosser là-dedans quand c'est éclairé, à votre avis que se passe-t-il quand tout est plongé dans le noir ? Le temps que vos yeux accommodent, vous perdez l'équilibre. Vous n'avez jamais eu le vertige en entrant dans un magasin ou dans un cinéma après être resté en plein soleil ? Imaginez l'effet, perché en haut d'un escabeau de vingt mètres !

— Vous avez des preuves de ce que vous avancez ?

Pilguez mit la main dans sa poche et sortit un mouchoir qu'il posa sur la table. Il le déplia, découvrant un petit cylindre rond calciné sur toute sa longueur. Il répondit à l'air interrogatif de Zofia.

— J'ai un fusible grillé auquel il manque un zéro à l'ampérage.

— Je ne suis pas très douée en électricité...

— Ce machin était dix fois trop faible pour la charge qu'il devait supporter !

— C'est une preuve ça ?

— De mauvaise foi en tout cas ! La résistance pouvait tenir cinq minutes au mieux avant de rendre l'âme.

176

– Mais tout ça prouverait quoi ?

– Qu'il n'y a pas que dans les cales du *Valparaiso* qu'on ne voit pas très clair.

– Qu'en pense la commission d'enquête ?

Pilguez triturait le fusible, son visage dissimulait mal sa colère.

– Elle pense que ce que j'ai entre les mains ne prouve rien puisque je ne l'ai pas trouvé sur le tableau !

– Mais vous pensez le contraire ?

– Oui !

– Pourquoi ?

Pilguez fit rouler le coupe-circuit sur la table, Zofia s'en empara pour l'observer attentivement.

– Je l'ai ramassé sous l'escalier, la surtension avait dû l'envoyer valdinguer. Celui qui est venu effacer ses traces n'a pas dû le retrouver. Sur le tableau, il y en avait un flambant neuf.

– Vous comptez ouvrir une enquête criminelle ?

– Pas encore, là aussi j'ai un problème !

– Lequel ?

– Le motif ! Quel pouvait être l'intérêt de faire tomber Gomez au fond de ce rafiot ? À qui l'accident pouvait-il bien servir ? Vous avez une idée ?

Zofia résista au malaise qui l'envahissait, elle toussa et mit sa main devant son visage.

– Pas la moindre !

– Même petite ? demanda Pilguez, suspicieux.

– Même minuscule, dit-elle en toussant à nouveau.

– Dommage, répondit Pilguez en se levant.

Il traversa le bar, sortit en cédant le passage à Zofia

et se dirigea vers sa voiture. Il s'appuya à sa portière et se retourna vers Zofia.

— N'essayez jamais de mentir, vous n'avez aucun don pour ça !

Il lui adressa un sourire forcé et s'installa derrière son volant, Zofia courut vers lui.

— Il y a une chose que je ne vous ai pas dite !

Pilguez regarda sa montre et soupira.

— La commission d'enquête avait mis le bateau hors de cause hier soir et personne n'est retourné l'inspecter depuis.

— Alors qu'est-ce qui aurait pu les convaincre de changer d'avis pendant la nuit ? demanda l'inspecteur.

— La seule chose que je sais, c'est que la mise en cause du navire va provoquer une nouvelle grève.

— En quoi cela bénéficie-t-il à la commission ?

— Il doit bien y avoir un lien, cherchez-le !

— S'il y en a un, c'est le commanditaire de la chute de Gomez.

— Un accident, une conséquence, une seule et même finalité, murmura Zofia, troublée.

— Je vais commencer par aller fouiller dans le passé de la victime pour écarter d'autres hypothèses.

— Je suppose que c'est ce qu'il y a de mieux à faire, dit Zofia.

— Et vous, où allez-vous ?

— À l'assemblée générale des dockers.

Elle s'écarta de la portière, Pilguez mit son moteur en marche et s'éloigna.

En sortant de la zone portuaire il téléphona à son

bureau. La responsable du dispatching décrocha à la septième sonnerie, Pilguez enchaîna aussitôt :

— Bonjour, ici les pompes funèbres, le détective Pilguez a fait un malaise, il est décédé en essayant de vous joindre, et nous voulions savoir si vous préfériez que l'on vous dépose son corps au commissariat ou directement chez vous !

— Enfin ! Il y a une décharge à deux blocs d'ici, vous n'avez qu'à le déposer là-bas, j'irai le voir dès que j'aurai une adjointe et que je ne serai plus obligée de décrocher ce téléphone toutes les deux minutes, répondit Nathalia.

— Gracieux !

— Qu'est-ce que tu veux ?

— Tu ne t'es même pas inquiétée une seconde ?

— Tu ne fais plus de malaise depuis que je surveille ta glycémie et ton cholestérol. En revanche, il m'arrive de regretter l'époque où tu allais manger tes œufs en cachette ; au moins, ta mauvaise humeur avait ses heures de faiblesse. C'était pour prendre de mes nouvelles que tu me passais cet appel bourré de charme ?

— J'ai un service à te demander.

— Au moins on peut dire que tu sais t'y prendre ! Je t'écoute toujours...

— Regarde sur le serveur central tout ce que tu peux trouver sur le dénommé Felix Gomez, 56 Fillmore Street, carte de docker 54687. Et j'aimerais bien savoir qui t'a raconté que je mangeais des œufs en cachette !

— Moi aussi je suis dans la police, figure-toi. Tu manges aussi délicatement que tu parles !

– Et alors, qu'est-ce que ça prouve ?

– Qui porte tes chemises au pressing ? Bon, je te laisse, j'ai six lignes en attente, et il y a peut-être une vraie urgence.

Une fois que Nathalia eut coupé la communication, Pilguez enclencha la sirène de son véhicule et fit demi-tour.

Il avait fallu une bonne demi-heure pour que la foule se taise, la réunion sur l'esplanade venait à peine de commencer. Manca finissait de lire le rapport médical du San Francisco Memorial Hospital. Gomez avait subi trois interventions chirurgicales. Les médecins ne pouvaient prédire s'il reprendrait un jour son travail, mais les deux fêlures aux vertèbres lombaires n'avaient pas entraîné d'atteinte de la moelle épinière : il était toujours inconscient, mais hors de danger. Un murmure de soulagement traversa l'assemblée, n'apaisant pas pour autant la tension qui régnait. Les dockers se tenaient debout face à l'estrade improvisée entre deux containers. Zofia s'était installée un peu à l'écart, au dernier rang. Manca demanda le silence.

– La commission d'enquête a conclu que la vétusté de l'échelle de cale était probablement responsable de l'accident de notre camarade.

Le visage du responsable syndical était grave. Les conditions de travail qui leur étaient imposées avaient mis la vie d'un de leurs compagnons en danger, une fois encore l'un d'eux avait payé de sa personne.

Un filet de fumée âcre s'échappait derrière la

porte d'un container qui jouxtait la tribune où Manca s'adressait aux dockers. En allumant son cigarillo, Ed Heurt avait ouvert la fenêtre de sa Jaguar. Il remit l'allume-cigares dans son enclave et postillonna les fibres de tabac déposées sur le bout de sa langue. Il se frotta les mains, ravi de sentir la colère gronder à quelques mètres de lui.

— Je ne peux que vous proposer de voter l'arrêt illimité du travail, conclut Manca.

Un lourd silence planait au-dessus des têtes. Une à une les mains se levaient, cent bras s'étaient dressés, Manca consentit d'un signe de tête à la décision unanime de ses collègues. Zofia inspira profondément avant de prendre la parole.

— Ne faites pas ça ! Vous êtes en train de tomber dans un piège !

Elle lut l'étonnement qui se mêlait à la colère sur les visages tournés vers elle.

— Ce n'est pas l'échelle qui a causé la chute de Gomez, reprit Zofia en haussant le ton.

— De quoi elle se mêle ! cria un docker.

— Ça t'arrangerait bien que ta responsabilité de chef de la sécurité ne soit pas mise en cause ! hurla un autre.

— C'est lamentable de dire ça ! rétorqua Zofia.

Elle sentit l'agressivité ambiante se retourner contre elle.

— On me reproche en permanence de prendre trop de précautions pour vous, et vous le savez tous très bien !

La rumeur se figea quelques secondes avant qu'un troisième homme ne reprenne :

— Alors pourquoi est-il tombé, Gomez ?

— Pas à cause de l'échelle en tout cas ! répondit Zofia en baissant la voix et la tête.

Un conducteur de tracteur s'avança en frappant une barre de fer dans le creux de sa main.

— Tire-toi, Zofia ! Tu n'es plus la bienvenue ici.

Elle se sentit soudain menacée par les dockers qui se rapprochaient. Elle fit un pas en arrière et se heurta à l'homme qui se tenait derrière elle.

— Donnant, donnant ! chuchota Pilguez à son oreille. Vous m'expliquez à qui sert cette grève, et je vous tire de ce mauvais pas. Je pense que vous avez une petite idée sur la question, et vous n'aurez même pas à me dire qui vous essayez de protéger !

Elle tourna la tête vers lui, Pilguez affichait un sourire narquois.

— L'instinct policier, ma chère, ajouta-t-il en faisant rouler le fusible entre ses doigts.

Il se plaça devant elle et présenta son badge à la foule, qui s'arrêta aussitôt.

— Il est bien probable que la petite dame ait raison, dit-il en savourant le silence qu'il venait d'imposer. Je suis l'inspecteur Pilguez de la brigade criminelle de San Francisco et je vais vous demander de bien vouloir reculer de quelques pas, je suis agoraphobe !

Personne n'obéit et de l'estrade Manca lança :

— Pourquoi êtes-vous là, inspecteur ?

— Pour empêcher vos amis de faire une connerie, et de tomber dans un piège, comme dit la demoiselle !

– Et en quoi cela vous regarde ? reprit le chef du syndicat.

– Ça, ça me regarde ! dit Pilguez en levant le bras, le fusible au bout des doigts.

– Qu'est-ce que c'est ? questionna Manca.

– Ce qui aurait dû assurer la continuité de l'éclairage dans la cale où Gomez est tombé !

Tous les visages se tournèrent vers Manca qui haussa le ton.

– On ne voit pas où vous voulez en venir, inspecteur.

– C'est bien ce que je dis, mon vieux, et dans la cale, Gomez non plus ne risquait pas de voir grand-chose.

Le petit cylindre en cuivre dessina une parabole au-dessus de la tête des dockers. Manca le saisit au vol.

– L'accident de votre camarade est dû à un acte de malveillance, poursuivit Pilguez. Ce coupe-circuit est dix fois trop faible, constatez par vous-mêmes.

– Pourquoi on aurait fait ça ? demanda une voix anonyme.

– Pour que vous vous mettiez en grève ! répondit laconiquement Pilguez.

– Des fusibles, y en a partout sur les bateaux, dit un homme.

– Ce que vous racontez n'a rien à voir avec le rapport de la commission d'enquête ! reprit un autre.

– Silence ! hurla Manca. Supposons que vous disiez vrai, qui aurait fomenté ce coup ?

Pilguez regarda Zofia et soupira avant de répondre au chef du syndicat :

– Disons que cet aspect de la chose n'est pas encore tout à fait élucidé !

– Alors partez d'ici avec vos histoires à dormir debout, clama un docker en agitant un pied-de-biche.

La main du policier descendit lentement vers son holster. L'assemblée menaçante se mouvait vers eux, comme une marée montante qui ne tarderait pas à les submerger. Près de l'estrade, devant un container ouvert, Zofia reconnut celui qui la fixait.

– Moi je connais le commanditaire du crime !

La voix posée de Lucas avait saisi les dockers sur place. Tous les visages se tournèrent vers lui. Il repoussa la porte ouverte du container qui grinça sur ses gonds, découvrant à la vue de tous la Jaguar qu'elle cachait. Lucas pointa du doigt le conducteur qui tournait fébrilement la clé du démarreur.

– Il y a de grosses enveloppes pour racheter les terrains sur lesquels vous bossez... après la grève bien entendu. Demandez-lui, c'est l'acheteur !

Heurt enclencha brusquement la marche avant, les pneus patinèrent sur l'asphalte et la voiture de fonction du vice-président de A&H commença sa course folle entre les grues pour échapper à la fureur des dockers.

Pilguez ordonna à Manca d'aller retenir ses hommes.

– Dépêchez-vous avant que ça tourne au lynchage !

Le chef du syndicat fit la grimace en se frottant le genou.

— J'ai une arthrite terrible, gémit-il, l'humidité des quais, qu'est-ce que vous voulez c'est le métier qui veut ça !

Il claudiqua en s'éloignant.

— Ne bougez pas de là, tous les deux, grommela Pilguez.

Il abandonna Lucas et Zofia pour courir dans la direction où les dockers s'étaient élancés. Lucas le suivit du regard.

Alors que l'ombre de l'inspecteur se dérobait derrière un tracteur, Lucas avança vers Zofia et prit ses mains dans les siennes. Elle hésita avant de poser sa question.

— Vous n'êtes pas un Vérificateur, n'est-ce pas ? dit-elle d'une voix pleine d'espoir.

— Non, je ne sais pas de quoi vous parlez !

— Et vous ne faites pas non plus partie du gouvernement ?

— Disons que je travaille pour quelque chose de... comparable. Mais je te dois quand même d'autres explications.

Un fracas de tôle retentit au loin. Lucas et Zofia se regardèrent et coururent tous deux dans la direction d'où le bruit était venu.

— S'ils mettent la main sur lui, je ne donne pas cher de sa peau ! dit Lucas en courant à petite foulée.

— Alors priez pour que ça n'arrive pas, répondit Zofia en se hissant à sa hauteur.

— Oh, de toute façon, pour ce qu'elle vaut ! reprit Lucas avec deux enjambées d'avance.

Zofia le dépassa à nouveau.

— Vous ne manquez vraiment pas d'air quand même !

— Côté souffle, je suis inépuisable !

Il grimaça en redoublant d'efforts pour reprendre la tête dans la chicane qui se profilait entre deux piles de containers. Zofia accéléra sa course pour l'empêcher de revenir à sa hauteur.

— Ils sont là-bas, dit-elle, hors d'haleine mais toujours en tête.

Lucas sprinta pour la rejoindre. Au loin, une fumée blanche s'échappait de la calandre de la Jaguar empalée sur la fourche d'un chargeur. Zofia inspira profondément pour maintenir son allure.

— Je m'occupe de lui et vous des dockers... dès que vous m'aurez rejointe, dit-elle en donnant une nouvelle impulsion.

Elle contourna la foule compacte qui encerclait la carcasse du véhicule, ne voulant pas se retourner au risque de perdre quelques précieuses secondes. Elle se délectait de la tête que devait faire Lucas dans son dos.

— C'est ridicule, on ne faisait pas la course, à ce que je sache ! entendit-elle crier trois foulées en arrière.

L'assistance était silencieuse et contemplait la voiture vide. Un des dockers accourut : le gardien n'avait vu passer personne devant sa guérite, Ed était encore prisonnier des quais et devait certainement se cacher à l'abri d'un container. L'assemblée se dispersa, chacun partant dans une direction, décidé à retrouver le premier le fuyard. Lucas se rapprocha de Zofia.

— Je n'aimerais pas être à sa place !

— On dirait vraiment que ça a l'air de vous ravir ! répondit-elle, énervée. Aidez-moi plutôt à le localiser avant eux !

— Je suis un peu à court de souffle là, mais on se demande à qui la faute !

— Mais quelle mauvaise foi ! dit Zofia en campant ses mains sur ses hanches. Qui a commencé ?

— Vous !

La voix de Jules les interrompit.

— Votre conversation a l'air passionnante, mais si vous pouviez la reprendre un peu plus tard, nous pourrions peut-être sauver une vie. Suivez-moi !

Jules leur expliqua en chemin qu'Ed avait abandonné sa voiture juste après le choc pour se précipiter vers la sortie du port. La meute se rapprochait dangereusement de lui quand il était passé à la hauteur de l'arche n° 7.

— Où est-il ? s'inquiéta Zofia, marchant au côté du vieux clochard.

— Sous une pile de fripes !

Jules avait eu un mal fou à le convaincre de se cacher dans son caddie.

— J'ai rarement vu quelqu'un d'aussi antipathique ! Vous le croiriez qu'il a fait son difficile ! reprit Jules en râlant. Quand je lui ai montré le bassin où les dockers allaient lui faire prendre un bain, la couleur de la mousse l'a convaincu que mon linge n'était pas si sale.

Lucas, qui était toujours en retrait, accéléra le pas pour s'approcher d'eux et murmura :

— Si ! C'est vous !

— Absolument pas ! chuchota-t-elle en tournant la tête.

— Vous avez accéléré la première.

— Même pas !

— Bon, ça suffit, tous les deux, reprit Jules. L'inspecteur est auprès de lui. Il faut trouver un moyen de faire sortir cet homme d'ici, discrètement.

Pilguez leur fit un signe de la main, et tous les trois se dirigèrent vers lui. L'inspecteur prit le commandement des opérations.

— Ils sont tous près des grues en train de fouiller chaque recoin, et ils ne vont pas tarder à venir par ici ! Est-ce que l'un de vous deux peut aller chercher son véhicule sans se faire remarquer ?

La Ford était parquée au mauvais endroit, Zofia attirerait probablement l'attention des dockers en allant la prendre. Lucas resta muet, traçant de la pointe du pied un cercle dans la terre poussiéreuse du quai.

Jules indiqua d'un regard à Lucas la grue qui déposait sur les docks, non loin d'eux, une Chevrolet Camaro en piteux état. C'était la septième carcasse qu'elle remontait des flots.

— Moi je saurais bien où trouver des voitures non loin d'ici, mais leurs moteurs font de drôles de blob-blob quant on les démarre ! souffla le vieux clochard dans l'oreille de Lucas.

Sous le regard interrogatif de l'inspecteur Pilguez, Lucas s'éloigna en maugréant :

– Je vais vous chercher ce dont vous avez besoin !

Il revint trois minutes plus tard au volant d'une spacieuse Chrysler qu'il gara devant l'arche. Jules avança le caddie, Pilguez et Zofia aidèrent Heurt à en sortir. Le vice-président s'allongea sur la banquette arrière et Jules le recouvrit complètement d'une de ses couvertures.

– Et vous aurez l'obligeance de la faire nettoyer avant de me la ramener ! ajouta-t-il en claquant la portière.

Zofia s'installa à côté de Lucas. Pilguez avança à sa fenêtre.

– Ne traînez pas !

– On vous le dépose au poste ? interrogea Lucas.

– Pour quoi faire ? répondit le policier, dépité.

– Vous n'allez pas le poursuivre ? demanda Zofia.

– La seule preuve que j'avais était un petit cylindre en cuivre de deux centimètres de long, et j'ai dû m'en séparer pour vous tirer d'affaire ! Après tout, ajouta l'inspecteur en haussant les épaules, éviter les surtensions... c'est bien à ça que ça sert un fusible, non ? Allez, filez !

Lucas enclencha la vitesse et la voiture s'éloigna dans un nuage de poussière. Alors qu'il roulait encore le long des quais, la voie étouffée de Ed se fit entendre.

– Vous allez me le payer, Lucas !

Zofia souleva un pan de la couverture, dévoilant le visage écarlate de Heurt.

– Je ne suis pas sûre que le moment soit bien choisi, dit-elle d'une voix réservée.

Mais le vice-président dont les clignements de

paupières étaient devenus incontrôlables ajouta à l'attention de Lucas.

— Vous êtes fini, Lucas, vous n'avez pas idée de mon pouvoir !

Lucas bloqua ses freins, la voiture glissa sur plusieurs mètres. Les deux mains posées sur le volant, Lucas se tourna vers Zofia.

— Descendez !

— Qu'est-ce que vous allez faire ? répondit-elle, inquiète.

Le ton qu'il emprunta pour réitérer son ordre ne laissait aucune place à la discussion. Elle descendit et la vitre se referma en couinant. Dans le rétro-viseur, Heurt vit les yeux sombres de Lucas qui semblaient virer au noir.

— C'est vous qui ne connaissez pas mon pouvoir, mon vieux ! dit Lucas. Mais ne vous inquiétez pas, je vais vous apprendre très vite !

Il retira la clé de contact et sortit à son tour du véhicule. À peine avait-il avancé d'un pas que toutes les portes se verrouillèrent. Le moteur monta pro-gressivement en régime et, quand Ed Heurt se redressa, l'aiguille du cadran au centre du tableau de bord affichait déjà 4 500 tours-minute. Les pneus patinaient sur l'asphalte sans que la voiture bouge. Lucas croisa les bras, l'air soucieux, et murmura :

— Quelque chose ne marche pas, mais quoi ?

Zofia s'approcha de lui et le secoua sans ména-gement.

— Qu'est-ce que vous faites ?

À l'intérieur de l'habitacle Ed se sentit happé par une force invincible qui l'aplatissait au siège. Le dossier de la banquette fut brutalement chassé de ses enclaves et propulsé sur la lunette. Pour résister à la force qui le tirait en arrière Heurt s'agrippa à la sangle de cuir du fauteuil, la couture se déchira et la dragonne céda. Il saisit désespérément la poignée de la porte, mais l'aspiration était si forte que ses articulations bleuirent avant d'abandonner leur vaine résistance. Plus Ed luttait, plus il reculait. Le corps comprimé par un poids sans mesure, il s'enfonçait inexorablement vers l'intérieur du coffre. Ses ongles griffèrent le cuir sans plus de succès ; dès qu'il fut à l'intérieur de la malle, le dossier de la banquette reprit sa place et la force cessa. Ed était désormais dans le noir. Sur le tableau de bord, l'aiguille du compte-tours rebondissait contre la bordure extrême du cadran. De l'extérieur, le vrombissement du moteur était devenu assourdissant. Sous les roues fumantes, la gomme laissait de grasses empreintes noires, la voiture tout entière tremblait. Anxieuse, Zofia se précipita pour libérer le passager ; l'habitacle était vide, elle paniqua et se retourna vers Lucas qui triturait la clé du démarreur, l'air préoccupé.

– Qu'est-ce que vous avez fait de lui ? demanda Zofia.

– Il est dans le coffre, répondit-il, très absorbé. Quelque chose ne marche vraiment pas... qu'est-ce que j'oublie ?

– Mais vous êtes totalement malade ! Si les freins lâchent...

Zofia n'eut pas le loisir d'achever sa phrase. Visiblement soulagé, Lucas hocha la tête et claqua aussitôt des doigts. À l'intérieur de la berline, le levier du frein à main se libéra et la voiture se précipita dans le port. Zofia courut à la bordure du quai, elle se concentra sur l'arrière du véhicule qui émergeait encore des flots : le capot de la malle s'ouvrit, et le vice-président pataugea dans les eaux épaisses qui bordaient le quai 80. Flottant comme un bouchon à la dérive, Ed Heurt s'éloigna d'une brasse maladroite vers l'escalier de pierre, crachant tant qu'il le pouvait. La voiture sombra, entraînant avec elle les grands projets immobiliers de Lucas. Sur le parvis, il portait au coin des yeux la gêne d'un enfant pris sur le fait.

— Vous n'auriez pas une petite faim ? dit-il à Zofia qui venait vers lui d'un pas déterminé. Avec tout ça on a un peu sauté le déjeuner, non ?

Elle le fusilla du regard.

— Qui êtes-vous ?

— C'est un peu difficile à expliquer, répondit-il, embarrassé.

Zofia lui arracha la clé des mains.

— Vous êtes le fils du diable ou son meilleur élève pour réussir des tours pareils ?

De la pointe du pied, Lucas traça une ligne droite au parfait milieu du cercle qu'il avait dessiné dans la poussière. Il baissa la tête et répondit d'un air penaud :

— Vous n'avez donc toujours pas compris ?

Zofia recula d'un pas, puis de deux.

— Je suis son envoyé... son élite !

Elle plaqua sa main à sa bouche pour étouffer son cri.

– Pas vous..., murmura-t-elle en regardant Lucas une dernière fois avant de s'échapper en courant.

Elle l'entendit crier son prénom, mais les mots de Lucas n'étaient déjà plus que quelques syllabes hachées par le vent.

– Et merde, toi non plus tu ne m'avais pas dit la vérité ! dit Lucas en effaçant le cercle d'un coup de pied rageur.

*

Dans son immense bureau, Lucifer éteignit son écran de contrôle, le visage de Lucas devint une infime pointe blanche qui s'évanouit au centre du moniteur. Satan pivota dans son fauteuil et appuya sur le bouton de l'interphone.

– Faites-moi venir Blaise tout de suite !

*

Lucas marcha jusqu'au parking et quitta les docks à bord d'un Dodge gris clair. La barrière franchie, il chercha au fond de ses poches une petite carte de visite qu'il coinça sur le pare-soleil. Il prit son téléphone portable et composa le numéro de la seule journaliste qu'il connaissait bibliquement. Amy décrocha à la troisième sonnerie.

– Je ne sais toujours pas pourquoi tu es partie fâchée ? dit-il.

– Je ne m'attendais pas à ce que tu rappelles, tu marques un point.

– J'ai un service à te demander !

– Tu viens de reperdre le point ! Et moi, qu'est-ce que j'y gagne ?

– Disons que j'ai un cadeau pour toi !

– Si ce sont des fleurs, tu te les gardes !

– Un scoop !

– Que tu voudrais que je publie, j'imagine !

– Quelque chose comme ça, oui.

– Uniquement si le tuyau est assorti d'une nuit aussi brûlante que la dernière.

– Non, Amy, ce n'est plus possible !

– Et si je renonce à la douche, c'est toujours non ?

– Toujours !

– Ça me désespère que des types comme toi tombent amoureux !

– Branche ton magnétophone, c'est au sujet d'un certain magnat de l'immobilier dont les déconvenues vont faire de toi la plus heureuse des journalistes !

Le Dodge filait le long de 3rd Street ; Lucas acheva la communication et bifurqua dans Van Ness en remontant vers Pacific Heights.

*

Blaise frappa trois coups, il essuya ses mains moites sur son pantalon et entra.

– Vous avez demandé à me voir, *Président* ?

– Tu as toujours besoin de poser des questions idiotes dont tu connais la réponse ? Reste debout !

Blaise se redressa, terriblement inquiet. *Président* ouvrit son tiroir et fit glisser une chemise rouge jusqu'à l'autre bout de la table. Blaise partit la chercher à petite foulée et revint aussitôt se planter devant son maître

— À ton avis, imbécile, je t'ai fait venir ici pour te regarder tourner autour de mon bureau ? Ouvre la pochette, crétin !

Blaise tourna nerveusement le rabat en carton et reconnut aussitôt la photo où Lucas tenait Zofia dans ses bras.

— J'en ferais bien notre carte de vœux de fin d'année, mais il me manque une légende ! ajouta Lucifer en tapant du poing sur la table. J'imagine que tu vas me la trouver, puisque c'est toi qui as choisi notre meilleur agent !

— Formidable cette photo, n'est-ce pas ? bredouilla Blaise, qui suait de toutes parts.

— Alors là, reprit Satan en écrasant sa cigarette sur le plateau en marbre, ou ton humour dépasse l'entendement ou quelque chose d'intelligent m'échappe.

— Vous ne pensiez quand même pas, *Président,* que... mais non... enfin... voyons ! enchaîna Blaise d'un ton affecté. Tout cela est prévu et totalement contrôlé ! Lucas a des ressources insoupçonnées, il est décidément incroyable !

Satan sortit une nouvelle cigarette de sa poche et l'alluma. Il inhala une profonde bouffée et expira la fumée devant le visage de Blaise.

— Fais très attention à ce que tu es en train de me raconter...

— Nous visons l'échec et mat... eh bien, nous sommes en train de prendre la reine de votre adversaire.

Lucifer se leva et marcha jusqu'à la baie vitrée. Il

posa ses deux mains sur le carreau et réfléchit quelques instants.

— Arrête avec tes métaphores, j'ai horreur de ça. Espérons que tu dis vrai... les conséquences d'un mensonge seraient infernales pour toi.

— Nous n'avons aucun souci à Vous faire ! gémit Blaise en se retirant sur la pointe des pieds.

Dès qu'il fut seul, Satan revint s'installer à l'extrémité de la longue table. Il alluma son écran de contrôle.

— On va quand même vérifier deux ou trois choses, grommela-t-il en appuyant à nouveau sur le bouton de l'interphone.

*

Lucas roulait sur Van Ness, il ralentit pour tourner la tête à l'intersection de Pacific Street, ouvrit sa vitre, alluma la radio et prit une cigarette. En passant sous les piles du Golden Gate, il éteignit la radio, jeta sa cigarette, referma la fenêtre et roula dans le silence vers Sausalito.

*

Zofia avait garé sa Ford au fond du parking. Elle avait emprunté les escaliers et refait surface sur Union Square. Elle traversa le petit parc et marcha sans but. Dans l'allée diagonale, elle s'assit sur un banc où une jeune femme pleurait. Elle lui demanda ce qui n'allait pas, mais, avant de pouvoir entendre sa réponse, elle sentit le chagrin noyer sa gorge.

– Je suis désolée, dit-elle en s'éloignant.

Elle erra le long des trottoirs, flânant devant les vitrines des commerces de luxe. Elle regarda la porte à tambour du grand magasin Macy's et sans même s'en rendre compte s'engouffra dans le tourniquet. À peine était-elle entrée qu'une hôtesse, vêtue de pied en cap d'un uniforme jaune poussin, lui proposait de l'asperger généreusement de la dernière senteur à la mode, *Canary Wharf*. Zofia déclina courtoisement d'un sourire effacé et lui demanda où trouver le parfum *Habit Rouge*.

La jeune démonstratrice ne chercha pas à masquer son agacement.

– Deuxième stand sur votre droite ! dit-elle en haussant les épaules.

Lorsque Zofia s'éloigna, la vendeuse vaporisa dans son dos deux pschitt de fumet jaune.

– Les autres aussi ont le droit d'exister !

Zofia s'approcha du présentoir. Elle souleva timidement le flacon de démonstration, dévissa le bouchon rectangulaire et posa deux gouttes de parfum à l'intérieur de son poignet. Elle avança sa main près de son visage, inspira l'essence subtile et ferma les yeux. Sous ses paupières closes, la brume légère qui flottait sous le Golden Gate faisait cap au nord vers Sausalito : sur la promenade déserte, un homme en complet noir y marchait seul le long de l'eau.

La voix d'une vendeuse la rappela au monde. Zofia regarda autour d'elle. Des femmes, les bras chargés de sacs enrubannés, se précipitaient d'allée en allée.

Zofia baissa la tête, remit la fiole en place, puis sortit du magasin. Après avoir récupéré sa voiture, elle se rendit au centre de formation pour les malvoyants. La leçon du jour ne fut que silence, ses élèves le respectèrent tout au long du cours. Lorsque la cloche retentit, elle abandonna sa chaise perchée sur l'estrade et leur dit simplement « merci » avant de quitter la salle. Elle rentra chez elle et découvrit un grand vase qui garnissait le hall de fleurs somptueuses.

— Impossible de le monter chez toi ! dit Reine en ouvrant sa porte. Ça te plaît, c'est gai dans cette entrée, non ?

— Oui, dit Zofia en se mordillant la lèvre.

— Qu'est-ce que tu as ?

— Reine, vous n'êtes pas du genre à dire « je t'avais prévenue » ?

— Non, ce n'est pas du tout mon genre !

— Alors, vous pourriez mettre ce bouquet chez vous, s'il vous plaît ? demanda Zofia d'une voix fragile.

Elle grimpa aussitôt à l'étage. Reine la regarda s'enfuir dans l'escalier ; lorsqu'elle disparut de sa vue, elle murmura :

— Je te l'avais dit !

Mathilde posa son journal et dévisagea son amie.

— Tu as passé une bonne journée ?

— Et toi ? répondit Zofia en posant son sac au pied du portemanteau.

— C'est une réponse ! Remarque, à voir ta tête, la question n'était pas urgente.

– Je suis fatiguée Mathilde !

– Viens t'asseoir sur mon lit !

Zofia obéit. Lorsqu'elle se laissa choir sur le matelas, Mathilde gémit.

– Je suis désolée, dit Zofia en se redressant. Alors ta journée ?

– Passionnante ! reprit Mathilde en grimaçant. J'ai ouvert le frigo, lancé une bonne vanne, tu connais mon humour, ça a fait exploser une tomate de rire et du coup j'ai passé le reste de l'après-midi à faire un shampooing au persil !

– Tu as beaucoup souffert aujourd'hui ?

– Seulement pendant mon cours d'aérobic ! Tu peux te rasseoir mais délicatement cette fois.

Mathilde regarda par la fenêtre et dit aussitôt à Zofia :

– Reste debout !

– Pourquoi ? demanda Zofia, intriguée.

– Parce que tu vas te relever dans deux minutes, répondit Mathilde sans dévier son regard.

– Qu'est-ce qu'il y a ?

– Je ne peux pas croire qu'il remette ça ! ricana Mathilde.

Zofia écarquilla les yeux et recula d'un pas.

– Il est en bas ?

– Qu'est-ce qu'il est craquant, si seulement c'était son jumeau, il y en aurait un pour moi ! Il t'attend, assis sur le capot de sa voiture, avec des fleurs, allez, descends ! dit Mathilde, déjà seule dans la pièce.

Zofia était sur le trottoir. Lucas se releva et tendit à mains jointes le nénuphar roux qui se tenait fièrement planté dans son pot en terre cuite.

– Je ne sais toujours pas quelles sont vos préférées, mais au moins, celle-ci vous pousse à me parler !

Zofia le dévisagea sans rien dire. Il avança vers elle.

– Je vous demande de me laisser au moins une chance de vous expliquer.

– Expliquer quoi ? dit-elle. Il n'y a plus rien à expliquer.

Elle tourna le dos, rentra chez elle, s'arrêta au beau milieu du hall pour faire demi-tour, ressortit dans la rue, marcha jusqu'à lui sans prononcer un seul mot, s'empara du nénuphar et retourna dans la maison. La porte claqua derrière elle. Reine lui barra l'accès à l'escalier et confisqua la fleur d'eau.

– Je m'en occupe et toi je te donne trois minutes pour monter te préparer. Fais ta coquette et ta difficile, c'est très féminin, mais n'oublie pas que le contraire de tout c'est rien ! Et rien, ce n'est pas grand-chose... allez, file !

Zofia voulut répliquer, mais Reine campa ses mains sur ses deux hanches et affirma d'un ton autoritaire :

– Il n'y a pas de « mais » qui tienne !

En entrant dans l'appartement Zofia se dirigea vers la penderie.

– Je ne sais pas pourquoi, mais dès que je l'ai vu j'ai pressenti un jambon purée en tête à tête avec Reine ce soir, dit Mathilde en admirant Lucas par la fenêtre.

– Ça va ! répliqua Zofia, énervée.

– Très bien, et toi ?

– Ne me cherche pas, Mathilde, ce n'est pas le moment.

– Là, ma vieille, j'ai l'impression que tu t'es trouvée toute seule !

Zofia décrocha son imperméable du porte-manteau et se dirigea vers la porte sans répondre à son amie qui la rappela d'une voix franche :

– Les histoires d'amour finissent toujours par s'arranger !... Sauf pour moi.

– Arrête avec tes remarques, veux-tu, tu n'as même pas idée de quoi tu parles, répondit Zofia.

– Si tu avais connu mon ex, tu aurais eu une idée de ce qu'est l'enfer ! Allez, passe une bonne soirée.

Reine avait posé le nénuphar sur un petit guéridon. Elle le regarda attentivement et murmura : « Après tout ! » Jetant un œil à son reflet dans le miroir au-dessus de la cheminée, elle remit hâtivement en ordre ses cheveux argent et se dirigea d'un pas discret vers l'entrée. Elle glissa sa tête dans l'encadrement de la porte et murmura à Lucas qui faisait les cent pas sur le trottoir : « Elle arrive ! » Elle rentra vite chez elle en entendant les pas de Zofia.

Zofia s'approcha de la berline mauve à laquelle Lucas était adossé.

– Pourquoi êtes-vous venu ici ? Qu'est-ce que vous voulez ?

– Une deuxième chance !

– On n'a jamais une seconde chance de faire une première bonne impression !

– Ce soir, ça m'arrangerait beaucoup de vous prouver que c'est faux.

– Pourquoi ?

– Parce que.

– C'est un peu court comme réponse !

— Parce que je suis retourné à Sausalito cet après-midi, dit Lucas.

Zofia le regarda, c'était la première fois qu'elle le devinait fragile.

— Je ne voulais pas que la nuit tombe, reprit-il. Non, c'est plus compliqué que cela. Ne « pas vouloir » a toujours fait partie de moi, ce qui était étrange tout à l'heure c'était de connaître le contraire, pour une fois j'ai voulu !

— Voulu quoi ?

— Vous voir, vous entendre, vous parler !

— Et puis quoi d'autre encore ! Que je trouve une raison de vous croire ?

— Laissez-moi vous emmener, ne refusez pas ce dîner.

— Je n'ai plus faim, dit-elle en baissant les yeux.

— Vous n'avez jamais eu faim ! Il n'y a pas que moi qui n'ai pas tout dit...

Lucas ouvrit la portière de la voiture et sourit.

— ...Je sais qui vous êtes.

Zofia le dévisagea et monta à bord.

Mathilde lâcha le pan du rideau qui glissa lentement sur le carreau. Au même moment, un voilage retombait sur une fenêtre du rez-de-chaussée.

La voiture disparut au bout de la rue déserte. Sous une fine pluie d'automne, ils roulaient sans rien se dire, Lucas conduisait à petite allure, Zofia regardait au-dehors, cherchant dans le ciel des réponses aux questions qu'elle se posait.

— Depuis quand savez-vous ? demanda-t-elle.

— Quelques jours, répondit Lucas, gêné, en se frottant le menton.

– De mieux en mieux ! Et pendant tout ce temps-là vous n'avez rien dit !

– Vous non plus, vous n'avez rien dit.

– Moi je ne sais pas mentir !

– Et moi, je ne suis pas programmé pour dire la vérité !

– Alors comment ne pas penser que vous avez tout manigancé, que vous me manipulez depuis le début ?

– Parce que ce serait vous sous-estimer. Et puis ça pourrait bien être l'inverse, tous les contraires existent ! La situation actuelle semble me donner raison.

– Quelle situation ?

– Toute cette douceur, envahissante et étrangère. Vous, moi, dans cette voiture sans savoir où aller.

– Que voulez-vous faire ? demanda Zofia, le regard absent tourné vers les piétons qui défilaient sur les trottoirs humides.

– Je n'en sais absolument rien. Rester auprès de vous.

– Arrêtez ça !

Lucas pila et la voiture glissa sur l'asphalte mouillé pour achever sa course au pied d'un feu.

– Vous m'avez manqué toute la nuit, et toute la journée. Je suis reparti marcher jusqu'à Sausalito, en mal de vous, mais là-bas aussi vous me manquiez ; vous me manquiez et c'était doux.

– Vous ignorez le sens de ces mots.

– Je ne connaissais que leur antonyme.

– Arrête de me faire la cour !

– Je rêvais que nous nous tutoyions enfin !

Zofia ne répondit pas. Le feu passa à l'orange puis

au vert, puis à l'orange puis au rouge. Les essuie-glaces chassaient la pluie, cadençant le silence.

— Et puis, je ne vous fais pas la cour ! dit Lucas.

— Je n'ai pas dit que vous la faisiez mal, répondit Zofia en hochant franchement la tête, j'ai dit que tu la faisais, c'est différent !

— Et je peux continuer ? demanda Lucas.

— Nous sommes assaillis d'appels de phares.

— Ils n'ont qu'à attendre, c'est rouge !

— Oui, pour la troisième fois !

— Je ne comprends pas ce qui m'arrive, je ne comprends plus grand-chose d'ailleurs, mais je sais que je me sens bien près de vous et que ces mots-là non plus ne font pas partie de mon vocabulaire.

— C'est un peu tôt pour dire des choses pareilles.

— Parce qu'en plus il y a des moments pour dire la vérité ?

— Oui, il y en a !

— Alors là j'ai vraiment besoin d'être aidé ; être sincère, c'est encore plus compliqué que je ne le pensais !

— Oui, c'est difficile d'être honnête, Lucas, bien plus que vous ne l'imaginez, et c'est souvent ingrat et injuste, mais ne pas l'être c'est voir et prétendre être aveugle. Tout ça est tellement compliqué à vous expliquer. Nous sommes très différents l'un de l'autre, vraiment trop différents.

— Complémentaires, dit-il, plein d'espoir, là je suis d'accord avec vous !

— Non, vraiment différents !

— Et dire que ces mots sortent de votre bouche... Je croyais que...

– Vous croyez désormais ?

– Ne soyez pas méchante, je pensais en tout cas que la différence... mais j'ai dû me tromper, ou plutôt j'avais raison, ce qui est paradoxalement désolant.

Lucas sortit de la voiture, laissant sa portière ouverte. Le vacarme de klaxons augmenta lorsque Zofia se mit à courir derrière lui sous la pluie. Elle l'appelait, mais il ne l'entendait pas, l'averse avait redoublé d'intensité. Elle le rattrapa enfin et agrippa son bras, il se retourna et lui fit face. Les cheveux de Zofia étaient plaqués sur son visage, il en écarta délicatement une mèche rebelle à la commissure de ses lèvres, elle le repoussa.

– Nos mondes n'ont rien en commun, nos croyances sont étrangères, nos espoirs divergents, nos cultures sont si éloignées... où voulez-vous qu'on aille alors que tout nous oppose ?

– Vous avez peur ! dit-il. C'est ça, vous êtes pétrifiée de trouille. Contre vos ordres établis, c'est vous qui refusez de voir, vous qui parliez d'aveuglement et de sincérité. Vous prêchez la bonne parole à longueur de journée, mais dénués d'acte les serments ne sont rien. Ne me jugez pas, c'est vrai, je suis votre opposé, votre contraire, votre dissemblance, mais je suis aussi votre ressemblance, votre autre moitié. Je ne saurais pas vous décrire ce que je ressens parce que je ne connais pas les mots pour qualifier ce qui me hante depuis deux jours, au point de me laisser croire que tout pourrait changer, mon monde, comme vous disiez, le vôtre, le leur. Je me fous des combats que j'ai menés, je me moque de mes nuits noires et de mes dimanches, je suis un immortel qui pour la première fois a envie de vivre. Nous pourrions nous apprendre l'un l'autre, nous découvrir et finir par nous ressembler... avec le temps.

Zofia posa un doigt sur sa bouche pour l'interrompre :

— Le temps de deux jours ?

— ... Et trois nuits ! Mais elles valent bien une part de mon éternité, reprit Lucas.

— Vous recommencez !

Un coup de tonnerre explosa dans le ciel, l'ondée devenait un orage menaçant. Il leva la tête et regarda la nuit qui était noire comme elle ne l'avait jamais été.

— Dépêchez-vous, dit-il d'un ton déterminé, il faut que nous partions d'ici tout de suite, j'ai un très mauvais pressentiment.

Sans plus attendre, il entraîna Zofia. Dès que les portières furent claquées, il brûla le feu, abandonnant les conducteurs agglutinés à son pare-chocs. Il tourna brutalement à gauche et s'engagea à l'abri des regards indiscrets dans le tunnel qui passait sous la colline. Le souterrain était désert, Lucas accéléra dans la longue ligne droite qui débouchait sur les portes de Chinatown. Les tubes de néon défilaient au-dessus du pare-brise, illuminant l'habitacle d'éclats blancs intermittents. Les essuie-glaces s'immobilisèrent.

— Probablement un faux contact, dit Lucas au moment où les ampoules des phares éclataient simultanément.

– Des faux contacts ! rétorqua Zofia. Freinez, on n'y voit presque rien.

– J'adorerais, répondit Lucas en appuyant sur la pédale qui n'opposait plus aucune résistance.

Il leva le pied de l'accélérateur, mais lancée à cette vitesse, la voiture ne s'arrêterait jamais avant la fin du tunnel où cinq avenues se croisaient. Cela ne portait pour lui à aucune conséquence, il se savait invincible, mais il tourna la tête et considéra Zofia. En une fraction de seconde, il serra le volant à toute force et cria :

– Accrochez-vous !

D'une main assurée, il dévia sa course pour plaquer le véhicule contre la glissière qui bordait la paroi carrelée, de grandes gerbes d'étincelles vinrent lécher la vitre. Deux détonations résonnèrent : les pneus avant venaient d'éclater. La berline fit une série d'embardées avant de se mettre en travers. La calandre percuta le rail de sécurité et l'essieu arrière se souleva, entraînant aussitôt la voiture dans une valse de tonneaux. La Buick était maintenant couchée sur le toit et glissait inexorablement vers la sortie du tunnel. Zofia serra les poings et la voiture s'immobilisa enfin à quelques mètres seulement du carrefour. Même la tête à l'envers, il suffit à Lucas de regarder Zofia pour savoir qu'elle était indemne.

– Vous n'avez rien ? lui demanda-t-elle.

– Vous plaisantez ! dit-il en s'époussetant.

– C'est ce qu'on appelle une réaction en chaîne ! reprit Zofia en se contorsionnant pour se soustraire à l'inconfort de sa position.

– Probablement, sortons de là avant que le prochain maillon nous tombe dessus, répondit Lucas en repoussant sa portière d'un coup de pied.

Il contourna la carcasse fumante pour aider Zofia à s'en extraire. Dès qu'elle fut sur ses jambes, il lui prit la main et l'entraîna en courant. Tous deux se faufilèrent à vive allure vers le centre du quartier chinois.

– Pourquoi court-on comme ça ? demanda Zofia.

Lucas continua sans dire un mot.

– Je peux au moins récupérer ma main ? dit-elle, essoufflée.

Lucas délia ses doigts, la délivrant de son emprise. Il s'arrêta à la lisière d'une ruelle blafarde éclairée par quelques réverbères fatigués.

– Entrons là, dit Lucas en montrant un petit restaurant, nous y serons moins exposés.

– Exposés à quoi, qu'est-ce qui se passe ? Vous avez l'air d'un renard aux aguets poursuivi par une meute de chiens.

– Dépêchons !

Lucas ouvrit la porte, mais Zofia ne bougea pas d'un centimètre, il revint vers elle pour l'entraîner à l'intérieur, elle résista.

– Ce n'est pas le moment ! dit-il en la tirant par le bras.

Zofia se dégagea aussitôt et le repoussa.

– Vous venez de nous faire avoir un accident, vous m'entraînez dans une course folle alors que personne ne nous poursuit, j'ai les poumons qui vont exploser et pas la moindre explication...

– Suivez-moi, nous n'avons pas le temps de discuter.

– Pourquoi vous ferais-je confiance ?

Lucas recula vers la petite échoppe. Zofia l'observait, elle hésita et finit par marcher dans chacun de ses pas. La salle était minuscule, elle comptait huit tables. Il choisit celle du fond, lui offrit une chaise et s'assit à son tour. Il n'ouvrit pas la carte que le vieil homme en costume traditionnel lui présentait et lui demanda courtoisement, en parfait mandarin, une décoction qui ne figurait pas au menu. L'homme s'inclina avant de s'effacer vers la cuisine.

– Vous m'expliquez ce qui se passe, Lucas, sinon je pars !

– Je crois que je viens de recevoir un avertissement.

– Ce n'était pas un accident ? De quoi veut-on vous avertir ?

– De vous !

– Mais pourquoi ?

Lucas inspira avant de répondre :

– Parce qu'ils avaient tout prévu, sauf que nous nous rencontrions !

Zofia prit une chips de crevette dans le petit bol en porcelaine bleue et la croqua lentement sous l'œil interdit de Lucas. Il lui servit une tasse du thé brûlant que le vieil homme venait de déposer sur la table.

– Je voudrais tellement vous croire, mais qu'est-ce que vous feriez à ma place ?

– Je me lèverais et je quitterais cet endroit...

– Vous n'allez pas recommencer !

– ... et de préférence par la porte de derrière.

– Et c'est ce que vous souhaiteriez que je fasse ?

– Absolument ! En ne vous retournant sous aucun prétexte, vous vous levez à trois et nous fonçons derrière le rideau. Maintenant !

Il la saisit par le poignet et l'entraîna sans ménagement. Traversant la cuisine à toute hâte, il força d'un coup d'épaule la porte qui ouvrait sur la courette. Pour se frayer un passage, il repoussa un bac à ordures dont les roues grincèrent. Zofia comprit enfin : une silhouette se découpait dans l'obscurité. À l'ombre portée par la lumière d'un lanterneau s'ajoutait celle de l'arme automatique pointée dans leur direction. Zofia eut quelques secondes pour constater d'un bref regard que trois murs les cernaient, cinq déflagrations déchirèrent le silence.

Lucas se jeta sur elle pour lui faire un rempart de son corps. Elle voulut le repousser, mais il la plaqua contre la muraille d'enceinte.

Le premier coup ricocha sur sa cuisse ; le deuxième effleura le haut du bassin, il plia les genoux mais se redressa aussitôt ; le troisième impact rebondit sur ses côtes, la morsure fut surprenante ; le quatrième projectile fit de même contre le milieu de sa colonne vertébrale, il en eut le souffle coupé et retrouva péniblement sa respiration. Quand le cinquième projectile l'atteignit, ce fut comme une flamme qui brûlait sa chair : la cinquième balle était la première à pénétrer dans son corps... sous l'épaule gauche.

L'agresseur s'enfuit aussitôt son forfait accompli.

Quand l'écho des déflagrations s'estompa, il n'y eut plus que la seule respiration de Zofia pour venir troubler le silence. Elle le serrait au creux de ses bras, la tête de Lucas reposait sur son épaule. Les yeux clos, il semblait lui sourire encore. Elle berçait son corps inerte et murmura à son oreille :

– Lucas ?

Il ne répondit pas, elle le secoua un peu plus vivement.

– Lucas, ne faites pas l'idiot, ouvrez les yeux !

Les yeux clos, il semblait dormir, aussi paisiblement qu'un enfant abandonné dans son sommeil. Et plus la peur montait en elle, plus elle l'étreignait. Quand une larme lui vint à la joue, elle ressentit une force inouïe comprimer sa poitrine. Elle eut un haut-le-cœur.

– Cela ne pouvait pas nous arriver, nous sommes...

– ... Déjà morts... invincibles... immortels ? Oui ! À tout inconvénient son avantage, n'est-ce pas ? dit-il en se redressant, presque jovial.

Zofia le dévisagea, incapable de cerner l'humeur qui la gagnait. Il approcha lentement son visage du sien, elle se refusa, jusqu'à ce que les lèvres de Lucas viennent effleurer les siennes esquissant un baiser au goût opiacé. Elle recula et regarda la paume empourprée de sa main.

– Alors pourquoi saignes-tu ?

Lucas suivit le filet rouge qui coulait le long de son bras.

– C'est absolument impossible, ça non plus ce n'était pas prévu ! dit-il.

... Puis il s'évanouit.

Elle le retint dans ses bras refermés.

— Qu'est-ce qui nous arrive ? demanda Lucas en reprenant ses esprits.

— En ce qui me concerne, c'est assez compliqué ! En ce qui te concerne, je crois qu'une balle a traversé ton épaule.

— Ça me fait mal !

— Cela te semble peut-être illogique mais c'est normal, il faut t'emmener à l'hôpital.

— Hors de question !

— Lucas, je n'ai aucune connaissance médicale en démonologie, mais il semble que tu as du sang et que tu es en train de le perdre.

— Je connais quelqu'un à l'autre bout de la ville qui peut recoudre cette blessure le temps qu'elle cicatrise, dit-il en appuyant sur la plaie.

— Moi aussi je connais quelqu'un, et tu vas me suivre sans discuter, parce que la soirée a été suffisamment mouvementée comme ça. Je crois que j'ai mon compte d'émotions.

Elle le soutint et l'entraîna dans la ruelle. Au bout du passage, elle avisa le corps de leur agresseur qui reposait inanimé sous un enchevêtrement de poubelles. Zofia regarda Lucas, étonnée.

— J'ai un minimum d'amour-propre quand même ! dit-il en le dépassant.

Ils arrêtèrent un taxi, qui les déposa dix minutes plus tard devant chez elle. Elle le guida vers le perron et lui fit signe de ne pas faire de bruit. Elle ouvrit la porte avec mille précautions, et ils

montèrent l'escalier à pas feutrés. Lorsqu'ils arrivèrent sur le palier, la porte de Reine se referma
silencieusement.

*

Tétanisé derrière son bureau, Blaise éteignit son
écran de contrôle. Ses mains dégoulinaient, son
front perlait d'une sueur abondante. Lorsque la
sonnerie du téléphone retentit, il enclencha le
répondeur et entendit Lucifer qui le conviait d'une
voix peu avenante au comité de crise qui se tiendrait
au lever de la nuit orientale.

— Tu as intérêt à être à l'heure avec des solutions
et une nouvelle définition de « tout est prévu ! »,
acheva *Président* avant de raccrocher brutalement.

Il se prit la tête à deux mains. Tremblant de tout
son corps, il décrocha le combiné, qui lui glissa des
doigts.

*

Michaël regardait le mur d'écrans accrochés en
face de lui. Il décrocha le combiné de son téléphone
et composa le numéro de la ligne directe de *Houston*.
La ligne était sur répondeur. Il haussa les épaules et
consulta sa montre ; en Guyane, Ariane V quitterait
sa rampe de lancement dans dix minutes.

*

Après avoir installé Lucas sur son lit, l'épaule calée par deux gros coussins, Zofia se rendit dans la penderie. Elle s'empara de la boîte à couture posée sur l'étagère supérieure, prit une bouteille d'alcool dans l'armoire à pharmacie de la salle de bains et retourna dans sa chambre. Elle s'assit près de lui, dévissa le flacon et trempa le fil à coudre dans le désinfectant. Elle essaya ensuite de le faire passer au travers de l'aiguille.

– Ta reprise va être un massacre, dit Lucas en souriant, narquois. Tu trembles !

– Pas le moins du monde ! répondit-elle, triomphante, alors que le lien venait enfin de passer dans le chas de l'aiguille.

Lucas prit la main de Zofia et l'écarta doucement. Il caressa sa joue et l'attira vers lui.

– J'ai peur que ma présence ne soit compromettante pour toi.

– Je dois avouer que les soirées en ta compagnie sont riches en aléas.

– Mon employeur n'a que faire du hasard.

– Pourquoi t'aurait-il fait tirer dessus ?

– Pour me mettre à l'épreuve et en arriver aux mêmes conclusions que toi, je suppose. Je n'aurais jamais dû être blessé. Je perds de mes pouvoirs à ton contact, et je pourrais presque prier pour que la réciproque soit vraie.

– Qu'est-ce que tu comptes faire ?

– Il n'osera pas s'attaquer à toi. Ton immunité angélique laisse à réfléchir.

Zofia regarda Lucas au fond des yeux.

214

– Ce n'est pas de ça que je parle, qu'est-ce que nous ferons dans deux jours ?

Du bout du doigt, il effleura les lèvres de Zofia, elle se laissa faire.

– À quoi penses-tu ? demanda-t-elle, troublée, en reprenant sa suture.

– Le jour où le mur de Berlin est tombé, les hommes et les femmes ont découvert que leurs rues se ressemblaient. De chaque côté, des maisons les bordaient, des voitures y circulaient, des réverbères y éclairaient leurs nuits. Bonheurs et malheurs n'allaient pas de même, mais les enfants de l'Ouest comme de l'Est ont réalisé que l'opposé ne ressemblait pas à ce qu'on leur avait raconté.

– Pourquoi dis-tu ça ?

– Parce que j'entends Rostropovitch jouer du violoncelle !

– Quel morceau ? dit-elle en achevant son troisième point de suture.

– C'est la première fois que je l'entends ! Et là, tu viens de me faire mal.

Zofia s'approcha de Lucas pour couper la ligature avec ses dents. Elle posa sa tête sur son torse et cette fois-ci s'abandonna. Le silence les liait. Lucas glissait les doigts de sa main vaillante dans la chevelure de Zofia, berçant sa tête de caresses. Elle frissonna.

– C'est court deux jours !

– Oui, chuchota-t-il.

– Nous serons séparés. C'est inéluctable.

Et, pour la toute première fois, Zofia comme Lucas redoutèrent l'éternité.

– On pourrait négocier qu'il te laisse repartir avec moi ? dit Zofia d'une voix timide.

– On ne négocie pas avec *Président,* surtout quand on lui a fait défaut et de toute façon je crains fort que l'accès à ton monde ne soit hors de ma portée.

– Mais avant, il y avait bien des points de passage entre l'Est et l'Ouest, non ? dit-elle en approchant à nouveau l'aiguille du bord de la plaie.

Lucas grimaça et poussa un cri.

– Là, tu es douillet, je t'ai à peine touché ! J'ai encore quelques points à faire !

La porte s'ouvrit brusquement et Mathilde apparut, appuyée au balai qui lui servait de béquille.

– Je n'y suis pour rien si les murs de ton appartement sont en papier mâché, dit-elle en boitant jusqu'à eux.

Elle s'assit au pied du lit.

– Donne-moi cette aiguille, dit-elle autoritairement à Zofia, et toi, approche-toi, ordonna-t-elle à Lucas. Tu as une chance folle, je suis gauchère !

Elle recousit les plaies d'une main agile. Trois sutures de chaque côté de l'épaule suffirent à fermer les blessures.

– Deux années de vie passées derrière un comptoir louche vous donnent des talents d'infirmière insoupçonnables, enfin, surtout quand on est amoureuse du taulier. À ce sujet d'ailleurs, j'aurais deux trois choses à vous dire à tous les deux, avant de retourner me coucher. Après je ferai tout ce qui est en mon pouvoir pour me convaincre que je suis en train de dormir et que demain matin j'aurai le plus grand fou rire de ma vie rien qu'en repensant au rêve que je suis en train de faire en ce moment.

Sur sa béquille de fortune, Mathilde repartit vers sa chambre. Sur le pas de la porte elle se retourna pour les contempler.

— Peu importe que vous soyez ou non ce que je crois que vous êtes. Avant de te rencontrer, Zofia, je pensais que les vrais bonheurs de cette terre n'existaient que dans les mauvais bouquins, c'est comme ça, paraît-il, qu'on les reconnaissait. Mais c'est toi qui m'as dit un jour que le pire d'entre nous a toujours des ailes cachées quelque part, qu'il faut l'aider à les ouvrir au lieu de le condamner. Alors donne-toi une vraie chance, parce que si j'en avais eu une avec lui, je peux t'assurer, ma vieille, que je ne l'aurais pas laissé passer. Quant à toi, le grand blessé, si tu lui froisses ne serait-ce qu'une plume, je te refais des points de suture avec une aiguille à tricoter. Et ne faites pas ces têtes-là, quoi qu'il vous faille affronter, je vous défends formellement à tous les deux de baisser les bras, parce que si vous renoncez, c'est le monde entier qui bascule, en tout cas le mien !

La porte claqua derrière elle. Lucas et Zofia restèrent muets. Ils écoutèrent son pas qui claudiquait sur le parquet du salon. De son lit, Mathilde cria :

— Depuis le temps que je te disais qu'avec tes airs de sainte-nitouche tu faisais figure d'ange ! Eh bien, maintenant tu peux te les garder tes haussements d'épaules, je n'étais pas si conne que ça !

Sept jours pour une éternité...

Elle prit l'interrupteur de la lampe posée sur le guéridon et tira le fil d'un coup sec. Le disjoncteur sauta immédiatement. La lumière de la lune filtra au travers des voilages de toutes les fenêtres de l'appartement. Mathilde enfouit sa tête au fond de son oreiller. Dans sa chambre, Zofia se blottit contre Lucas.

Le son des cloches de Grace Cathedral entra par la fenêtre entrouverte de la salle de bains. Le douzième écho résonna au-dessus de la ville.

Il y eut une nuit, il y eut un matin...

Cinquième Jour

L'aube du cinquième jour se levait et tous deux dormaient. La fraîcheur du petit matin portait les senteurs de l'automne par la fenêtre ouverte. Zofia se blottit contre Lucas. En gémissant, Mathilde l'avait sortie de son rêve agité. Elle s'étira et se figea aussitôt en réalisant qu'elle n'était pas seule. Elle fit glisser lentement la couverture et sortit de son lit dans ses habits de la veille. À pas de loup elle gagna le salon.

— Tu as mal ?

— Juste une mauvaise position et une violente douleur, je suis désolée, je ne voulais pas te réveiller.

— Ça n'a aucune importance, je ne dormais pas vraiment. Je vais te préparer un thé.

Elle se dirigea vers le coin cuisine et contempla le visage maussade de son amie.

— Tu viens de gagner un chocolat chaud ! dit-elle en ouvrant le réfrigérateur.

Mathilde tira le rideau. Dans la rue encore déserte, un homme sortait d'une maison, tenant son chien en laisse.

— J'adorerais avoir un labrador, mais à la seule idée de devoir le promener tous les matins je pourrais me mettre au Prozac en intraveineuse, dit Mathilde en abandonnant le voilage.

— On est responsable de ce qu'on apprivoise et ça n'est pas de moi ! commenta Zofia.

— Tu as bien fait de le préciser. Vous avez des plans, petit Lu et toi ?

— Nous nous connaissons depuis deux jours ! Et puis il s'appelle Lucas.

— C'est bien ce que je dis !

— Non, nous n'avons pas de plans !

— Eh bien, ça ne peut pas rester comme ça, on a toujours des plans quand on est deux !

— Et tu sors ça d'où ?

— C'est comme ça, il y a des images de bonheur que l'on n'a pas le droit de retoucher, tu colories mais tu dépasses pas le trait ! Alors un et un égalent deux, deux égale couple et couple égale projets, c'est ainsi et pas autrement !

Zofia éclata de rire. Le lait grimpa dans la casserole, elle le versa dans la tasse et remua lentement la poudre de chocolat.

— Tiens, bois au lieu de dire des bêtises, dit-elle en apportant le breuvage fumant. Où as-tu vu un couple ?

— Tu es désolante ! Trois ans que je t'entends me parler de l'amour, et blablabla. Ils servent à quoi tes contes de fées si tu refuses le rôle de la princesse dès le premier jour de tournage.

— Quelle métaphore romantique !

— Oui, eh bien, va métaphorer avec lui si ça ne te

dérange pas ! Je te préviens que si tu ne fais rien, dès que cette jambe est réparée je te le pique sans vergogne.

— On verra. La situation n'est pas aussi simple qu'elle en a l'air.

— Tu en as déjà vu, toi, des histoires d'amour qui sont simples ? Zofia, je t'ai toujours vue seule, c'est toi qui me disais : « Nous sommes seuls responsables de notre félicité », eh bien, ma vieille, ta félicité mesure dans les 1,85 m pour un petit 78 kilos de muscles, alors je t'en prie, ne passe surtout pas à côté du bonheur, c'est en dessous que ça se passe.

— Ah ! c'est vraiment malin et délicat !

— Non, c'est pragmatique et je crois que « félicité » est en train de se réveiller, alors si tu pouvais aller le voir maintenant, parce que là vraiment j'aimerais que tu me fasses un peu d'air, allez, dégage de ton salon, ouste !

Zofia hocha la tête et repartit vers sa chambre. Elle s'assit au pied du lit et guetta le réveil de Lucas. S'étirer en bâillant lui donnait une allure de félin. Il entrouvrit les yeux. Aussitôt son visage s'éclaira d'un sourire.

— Tu es là depuis longtemps ? demanda-t-il.

— Comment va ton bras ?

— Je ne sens presque plus rien, dit-il en effectuant un mouvement de rotation de l'épaule accompagné d'une grimace de douleur.

— Et en version non macho, comment va ton bras ?

— Ça me fait un mal de chien !

— Alors, repose-toi. Je voulais te préparer quelque

chose, mais je ne sais pas ce que tu prends au petit déjeuner.

— Une vingtaine de crêpes et autant de croissants.

— Café ou thé ? répondit-elle en se levant.

Lucas la contempla, son visage s'était obscurci, il la saisit par le poignet et la tira vers lui.

— Tu as déjà eu l'impression que le monde te laisserait seule derrière lui, la sensation qu'en regardant chaque recoin de la pièce que tu occupes l'espace se rétrécit, la conviction que tes vêtements avaient vieilli pendant la nuit, que dans chaque miroir ton reflet joue le rôle de ta misère sans aucun spectateur, sans que cela ne t'apporte plus aucun sentiment de bien, de penser que rien ne t'aime et que tu n'aimes personne, que tout ce rien ne sera que le vide de ta propre existence ?

Zofia effleura du bout des doigts les lèvres de Lucas.

— Ne pense pas comme ça.

— Alors, ne me laisse pas.

— J'allais juste te faire un café.

Elle s'approcha de lui.

— Je ne sais pas si la solution existe, mais nous la trouverons, chuchota-t-elle.

— Je ne dois pas laisser cette épaule s'engourdir. Va prendre ta douche, je vais m'occuper du petit déjeuner.

Elle accepta de bonne grâce et s'éclipsa. Lucas regarda sa chemise suspendue au montant du lit : la manche était maculée d'un sang devenu noir, il l'arracha. Il avança jusqu'à la fenêtre qu'il ouvrit et contempla les toits qui s'étendaient sous lui ; la corne de brume d'un grand cargo soufflait dans la baie, comme en réponse aux cloches de Grace Cathedral. Il roula en boule le tissu taché et le jeta au loin avant de refermer le carreau. Puis il fit quelques pas vers le seuil de la salle de bains et colla son oreille à la porte. Le ruissellement de l'eau le réchauffa soudain, il inspira profondément et sortit de la chambre.

— Je vais faire du café, vous en voulez ? demanda-t-il à Mathilde.

Elle lui montra sa tasse de chocolat chaud.

— J'ai arrêté les excitants avec le reste, mais j'ai entendu pour les crêpes, alors je me contenterai de dix pour cent du hold-up.

— Cinq pour cent maximum, répondit-il en se rendant derrière le comptoir, et uniquement si vous me dites où se trouve la cafetière.

— Lucas, hier soir, j'ai entendu quelques bribes de votre conversation et il y avait vraiment de quoi se pincer. À l'époque où je me droguais, je ne dis pas... je ne me serais posé aucune question. Mais là, je ne pense pas que l'aspirine provoque des trips pareils, alors de quoi parliez-vous exactement ?

— Nous avions beaucoup bu tous les deux, nous devions dire pas mal de bêtises, ne vous inquiétez pas, vous pouvez continuer les antalgiques sans crainte des effets secondaires.

Mathilde regarda la veste qu'il portait la veille, elle était suspendue au dossier de la chaise, son dos était criblé d'impacts de balles.

— Et quand vous prenez une cuite, vous faites toujours une partie de tir aux pigeons ?

— Toujours ! répondit-il en ouvrant la porte de la chambre.

— En tout cas, elle est plutôt bien coupée pour une veste en kevlar, dommage que votre tailleur n'ait pas renforcé les épaulettes.

— Je le lui ferai remarquer, comptez sur moi.

— Je compte sur vous ! Bonne douche.

Reine entra dans l'appartement, elle posa le journal et un gros sachet de pâtisseries sur la table, dévisageant Mathilde seule dans la pièce.

— Quitte à faire Bed & Breakfast, autant que personne ne critique la bonne tenue du petit déjeuner, ça pourrait nuire à ma future clientèle, on ne sait jamais. Les tourtereaux sont réveillés ?

— Dans la chambre ! dit Mathilde en levant les yeux au ciel.

— Quand je lui ai dit que le contraire de tout c'est rien, elle m'a vraiment prise au pied de la lettre.

— Vous n'avez pas vu l'animal torse nu !

— Non, mais à mon âge, tu sais, ça ou un chimpanzé, ça ne fait plus grande différence.

Reine disposait les croissants sur une grande assiette en regardant la veste de Lucas d'un air intrigué.

— Tu leur diras qu'ils évitent le teinturier au bout de la rue, c'est le mien ! Bon, je redescends !

Et elle disparut dans la cage d'escalier.

Zofia et Lucas s'assirent autour de la table pour partager à trois le repas du matin. Dès que Lucas eut avalé la dernière viennoiserie, ils rangèrent la cuisine et installèrent Mathilde confortablement dans son lit. Zofia décida d'entraîner Lucas dans sa journée qui commençait par une visite aux docks. Elle prit son imperméable au portemanteau, Lucas lança un regard dégoûté au veston en piteux état. Mathilde lui fit remarquer qu'une chemise à une manche était peut-être un peu trop originale pour le quartier. Elle possédait une chemise d'homme dans ses affaires et acceptait de la lui prêter à la condition qu'il promette de la lui rendre telle qu'il l'avait portée ; il la remercia. Quelques minutes plus tard, ils s'apprêtaient à sortir dans la rue quand la voix de Reine les rappela à l'ordre. Elle se tenait, mains sur les hanches, au milieu de l'entrée et toisait Lucas.

— À vous voir comme ça, on a de bonnes raisons de penser que vous êtes de constitution solide, mais n'allez quand même pas tenter le diable en attrapant froid. Suivez-moi !

Elle s'engouffra dans son appartement et ouvrit sa vieille armoire. La porte en bois grinça sur ses gonds. Reine écarta quelques affaires pour sortir une veste qui pendait sur un cintre, qu'elle tendit à Lucas.

— Elle n'est plus de première jeunesse, quoique le prince-de-galles ne se démodera jamais, si vous voulez mon avis, et puis le tweed, ça tient chaud !

Elle aida Lucas à passer le veston qui semblait avoir été coupé sur lui tant la carrure était parfaitement ajustée et regarda Zofia, l'œil en coin.

— Ne cherche pas à savoir à qui elle appartenait, veux-tu ! À mon âge on fait ce qu'on veut de ses souvenirs.

Elle se plia en deux pour prendre appui sur le

225

rebord de la cheminée en faisant une drôle de grimace. Zofia se précipita vers elle.

– Qu'est-ce que vous avez, Reine ?

– Un rien du tout, juste une douleur au ventre, pas de quoi t'affoler.

– Vous êtes toute pâle et vous avez l'air épuisée !

– Je ne suis pas allée au soleil depuis dix ans, et puis à mon âge, tu sais, il faut bien se réveiller fatiguée un matin ou l'autre. Ne te fais donc pas de souci.

– Vous ne voulez pas que l'on vous emmène voir un médecin ?

– Il ne manquerait plus que ça ! Qu'ils restent donc chez eux tes docteurs, et moi je reste chez moi ! Il n'y a que comme ça que je m'entends bien avec eux.

Elle leur fit un signe de la main qui voulait dire « allez, allez, vous avez l'air aussi pressés l'un que l'autre, partez d'ici ».

Zofia hésita avant d'obtempérer.

– Zofia ?

– Oui, Reine ?

– Cet album que tu voulais tant voir, je crois que je serais contente de te le montrer. Mais ces photos sont un peu particulières, je voudrais que tu les découvres à la lumière de la fin du jour. C'est celle qui les habille le mieux.

– Comme vous le voudrez, Reine.

– Alors viens me voir à cinq heures ce soir et sois précise, je compte sur toi.

– Je serai là, c'est promis.

– Et, maintenant, filez, tous les deux, je vous ai

assez retardés comme ça avec mes histoires de vieille bonne femme ! Lucas, prenez soin de cette veste... je tenais plus que tout à l'homme qui la portait.

Lorsque la voiture s'éloigna, Reine abandonna le rideau de sa fenêtre et maugréa toute seule en arrangeant l'un des bouquets qui fleurissaient sa table.

– Le vivre, le couvert, il ne restait plus que le linge !

Ils descendirent California Street. Au feu qui marquait l'arrêt à l'intersection de Polk Street, ils se trouvèrent juste à côté de la voiture de l'inspecteur Pilguez. Zofia baissa sa vitre pour le saluer. Il écoutait sa radio de bord qui crachouillait un message.

– Je ne sais pas ce qui se passe cette semaine, mais ils sont tous en train de devenir fous, c'est la cinquième rixe qui dégénère dans Chinatown. Je vous laisse, passez une bonne journée, leur dit-il en démarrant.

La voiture du policier bifurqua sur la gauche sirène hurlante, la leur s'arrêta dix minutes plus tard au bout du quai 80. Ils regardèrent le vieux cargo se balancer nonchalamment au bout de ses cordages.

– J'ai peut-être trouvé une idée pour empêcher l'inévitable, dit Zofia, te ramener avec moi !

Lucas la dévisagea, inquiet.

– Où ça ?

– Chez les miens, repars avec moi, Lucas !

– Et comment ? Par la grâce du Saint-Esprit ? répondit Lucas ironiquement.

– Quand on ne veut pas retourner chez son

employeur, il faut faire tout le contraire de ce que l'on attend de vous. Fais-toi virer !

— Tu as lu mon CV ? Tu crois que je peux l'effacer ou le récrire en quarante-huit heures ? Et quand bien même, crois-tu vraiment que ta famille m'accueillerait les bras grands ouverts, le cœur auréolé de bonnes intentions ? Zofia, je n'aurai pas franchi le seuil de ta maison qu'une horde de gardes se jettera sur moi pour me renvoyer là d'où je viens, et je doute que le retour se fasse en première classe.

— J'ai dédié mon âme aux autres, à les convaincre de ne jamais se résigner à la fatalité, alors maintenant c'est mon tour, c'est à moi de goûter au bonheur, à moi d'être heureuse. Le paradis gagné, c'est d'être deux, je l'ai mérité !

— Tu demandes l'impossible, leur opposition est trop grande, jamais ils ne nous laisseront nous aimer.

— Il suffirait d'un peu d'espoir, d'un signe. Toi seul peux décider de changer, Lucas, donne-leur une preuve de bonne volonté.

— Je voudrais tellement que tu dises vrai et que cela soit si facile.

— Alors, essaie, je t'en supplie !

Lucas s'amuït et le silence régna. Il s'éloigna de quelques pas vers l'étrave rouillée du grand navire. À chaque claquement de ses amarres qui se tendaient dans des grincements sauvages, le *Valparaiso* prenait l'allure d'un animal qui se battrait pour la liberté, pour choisir sa dernière demeure : un beau naufrage de grand large.

— J'ai peur, Zofia...

— Moi aussi. Laisse-moi t'emmener dans mon

monde, j'y guiderai chacun de tes pas, j'apprendrai tes réveils, j'inventerai tes nuits, je resterai près de toi. J'effacerai tous les destins tracés, recoudrai toutes les blessures. Tes jours de colère, je lierai tes mains dans ton dos pour que tu ne te fasses pas mal, je collerai ma bouche à la tienne pour étouffer tes cris et rien ne sera plus jamais pareil, et si tu es seul nous serons seuls à deux.

Il la prit dans ses bras, effleura sa joue et caressa son oreille du timbre grave de sa voix.

– Si tu savais tous les chemins que j'ai employés pour arriver à toi. Je ne savais pas, Zofia, je me suis trompé si souvent, et j'ai recommencé à chaque fois avec plus de joie encore, plus de fierté. Je voudrais que notre temps s'arrête pour pouvoir le vivre, te découvrir et t'aimer comme tu le mérites, mais ce temps-là nous lie sans nous appartenir. Je suis d'une autre société où tout n'est que personne, tout n'est qu'unique ; je suis le mal, toi le bien, je suis ta diffé-rence, mais je crois que je t'aime, alors demande-moi ce que tu veux.

– Ta confiance.

Ils quittèrent la zone portuaire et la voiture remonta 3rd Street. Zofia cherchait une grande artère, un lieu plein de passage, traversé d'hommes et de véhicules.

*

Blaise entra dans le grand bureau, penaud, le teint blafard.

– C'est pour mon cours particulier d'échecs ?

clama *Président* en faisant les cent pas le long de l'infinie baie vitrée. Redéfinis-moi la notion de « mat ».

Blaise tira à lui un gros fauteuil noir.

– Reste debout, crétin ! Et puis non, finalement assieds-toi, moins je vois ta personne mieux je me porte ! Donc pour résumer la situation, notre élite aurait viré de bord ?

– *Président...*

– Tais-toi ! Tu m'as entendu te demander de parler ? As-tu aperçu sur ma bouche que mes oreilles avaient envie d'entendre le son de ta voix nasillarde ?

– Je...

– Tu te tais !

Président avait hurlé si fort que Blaise en rétrécit de cinq bons centimètres.

– Il n'est pas question que nous le perdions à notre cause, reprit *Président,* et il n'est pas question que nous perdions tout court. J'attendais cette semaine depuis l'éternité et je ne te laisserai pas tout gâcher, minuscule ! Je ne sais pas quelle était ta définition de l'enfer jusqu'à présent, mais j'en ai peut-être une nouvelle à venir pour toi ! Tais-toi encore ! Fais bien en sorte que je ne voie plus bouger tes lèvres adipeuses. Tu as un plan ?

Blaise prit une feuille et griffonna quelques lignes à la hâte. *Président* s'empara de la note et la lut en s'éloignant vers le bout de la table. Si la victoire semblait compromise, la partie pouvait être interrompue, elle serait alors à rejouer. Blaise proposait de rappeler Lucas avant l'heure. Ivre de rage,

Lucifer roula le papier en boule avant de le jeter sur Blaise.

— Lucas me le paiera très cher. Ramène-le ici avant la nuit, et ne t'avise pas de rater ton coup cette fois-ci !

— Il ne reviendra pas de son plein gré.

— Tu sous-entendrais que sa volonté serait supérieure à la mienne ?

— Je sous-entends simplement qu'il faudra qu'il meure...

— ... En oubliant un petit détail... c'est déjà fait depuis longtemps, imbécile !

— Si une balle a pu le toucher, d'autres moyens de l'atteindre existent.

— Alors, trouve-les au lieu de parler !

Blaise s'éclipsa, il était midi. Le jour s'effacerait dans cinq heures, ce qui lui laissait peu de temps pour rédiger les termes d'un redoutable contrat. Organiser le meurtre de son meilleur agent ne laissait aucune place au hasard.

*

La Ford était garée à l'intersection de Polk et de California, face à une grande surface. À cette heure de la journée le ruban de véhicules était ininterrompu. Zofia avisa un homme âgé qui semblait hésiter à s'engager avec sa canne sur le passage clouté. Le temps imparti pour franchir les quatre files était très court.

— Et que fait-on maintenant ? dit Lucas d'un air désabusé.

— Aide-le ! répondit-elle en désignant le vieux piéton.

— Tu plaisantes ?

— Pas le moins du monde.

— Tu veux que je fasse traverser un boulevard à un vieillard ? Ça ne me semble pas très compliqué...

— Alors fais-le !

— Eh bien, je vais le faire, dit Lucas en s'éloignant à reculons.

Il s'approcha de l'homme et revint aussitôt sur ses pas.

— Je ne vois pas l'intérêt de ce que tu me demandes.

— Tu préfères commencer en passant l'après-midi à remonter le moral à des personnes hospitalisées ? Ce n'est pas très compliqué non plus, il suffit de les aider à faire leur toilette, prendre de leurs nouvelles, les rassurer sur l'évolution de leur état, t'asseoir sur une chaise et leur lire le journal...

— C'est bon ! Je vais m'en occuper de ton crouletabille !

Il s'éloigna à nouveau... pour rejoindre aussitôt Zofia.

— Je te préviens, si le petit mouflet en face, qui joue avec son téléphone caméra digitale, prend une seule photo, je l'envoie jouer au satellite d'un coup de pied au cul !

— Lucas !

— Ça va, ça va, j'y vais !

Sans ménagement, Lucas entraîna par le bras l'homme qui le dévisageait d'un air étonné.

— Tu n'étais pas venu compter les voitures, à ce

que je sache ! Alors accroche-toi à ta canne ou tu vas gagner la traversée en solitaire de California Street !

Le feu passa au rouge et l'équipage s'engagea sur le macadam. À la deuxième bande zébrée, le front de Lucas se mit à perler, à la troisième il eut l'impression qu'une colonie de fourmis avait élu domicile dans les muscles de ses cuisses, une crampe violente le saisit à la quatrième bande. Son cœur battait la chamade et l'air peinait de plus en plus à trouver ses poumons. Avant d'atteindre le milieu de la chaussée, Lucas suffoquait. La zone protégée autoriserait une halte, imposée de toute façon par la couleur du feu qui venait de virer au vert, tout comme le visage de Lucas.

— Tout va bien, jeune homme ? demanda le vieux monsieur. Voulez-vous que je vous aide à traverser ? Restez accroché à mon bras, ce n'est plus très loin.

Lucas s'empara du mouchoir en papier qu'il lui tendait pour éponger son front.

— Je ne peux pas ! dit-il d'une voix tremblotante. Je n'y arrive pas ! Je suis désolé, désolé, désolé !

Et il s'enfuit en courant vers la voiture où Zofia l'attendait, assise sur le capot, bras croisés.

— Tu comptes le laisser là ?

— J'ai failli y laisser ma peau ! dit-il, haletant.

Elle n'écouta même pas la fin de sa phrase et se précipita au milieu des voitures qui klaxonnaient pour rejoindre la plate-forme centrale. Elle agrippa le vieux monsieur.

— Je suis confuse, terriblement confuse, c'est un débutant, c'était sa toute première fois, dit-elle, affolée.

L'homme se gratta l'arrière de la tête en regardant Zofia d'un œil de plus en plus intrigué. Alors que le feu passait au rouge, Lucas appela Zofia.

— Laisse-le là ! cria-t-il.

— Qu'est-ce que tu dis ?

— Tu m'as très bien entendu ! J'ai fait la moitié du chemin pour toi, à ton tour de faire l'autre, vers moi. Laisse-le là où il est !

— Tu es devenu fou ?

— Non, logique ! J'ai lu dans un magnifique livre de Hilton qu'aimer c'est partager, faire chacun un pas vers l'autre ! Tu m'as demandé l'impossible, je l'ai fait pour toi, accepte aussi de renoncer à une part de toi-même. Laisse cet homme là où il est. C'est le petit vieux ou moi !

Le vieil homme tapota l'épaule de Zofia.

— Je ne veux pas vous interrompre, mais vous allez vraiment finir par me mettre en retard avec toutes vos histoires. Allez donc rejoindre votre ami !

Et sans plus attendre, l'homme traversa l'autre moitié de l'avenue.

Zofia retrouva Lucas adossé à la voiture, elle avait le regard triste. Il lui ouvrit la portière, attendit qu'elle s'asseye et prit place derrière le volant, mais la Ford resta immobile.

— Ne me regarde pas comme ça, je suis sincèrement navré de ne pas avoir pu aller jusqu'au bout, dit-il.

Elle inspira profondément pour lui répondre, songeuse :

— Il faut cent ans pour que pousse un arbre, quelques minutes seulement pour le brûler...

– Sûrement, mais où veux-tu en venir ?

– Je viendrai vivre dans ta maison, c'est toi qui m'y emmèneras, Lucas.

– Tu n'y penses pas !

– Bien plus que tu ne l'imagines.

– Je ne te laisserai pas faire ça, en aucun cas.

– Je repars avec toi, Lucas, un point c'est tout.

– Tu n'y arriveras pas.

– C'est toi qui m'as dit de ne pas me sous-estimer. C'est un vrai paradoxe, mais les tiens m'accueilleront à bras ouverts ! Apprends-moi le mal, Lucas !

Il regarda longuement sa beauté singulière. Perdue dans le silence d'un entre-deux-univers, elle était résolue à un voyage dont elle ignorait la destination mais dont l'intention lui ôtait toute peur. Et, pour la première fois, l'envie devint plus forte que la conséquence, pour la première fois, aimer prenait un sens différent de tout ce qu'elle avait pu imaginer. Lucas reprit la route et roula à vive allure vers les bas quartiers.

*

Surexcité, Blaise décrocha son téléphone et bafouilla qu'on lui passe *Président,* ou plutôt qu'on le prévienne de sa visite imminente. Il essuya ses mains sur son pantalon et retira la cassette de l'enregistreur. Trottinant vers le fond du couloir aussi vite que ses petites jambes le portaient, Blaise avait vraiment tout du canard. Aussitôt après avoir frappé, il entra dans le bureau de *Président,* qui le reçut en levant une main en l'air.

– Tais-toi ! Je sais déjà !

– J'avais raison ! ne put s'empêcher de clamer l'ineffable Blaise.

– Peut-être ! répondit *Président* d'un air hautain.

Blaise fit un petit saut de contentement et tapa dans son poing de toutes ses forces.

– Vous l'aurez votre échec et mat ! jubilait-il d'une voix comblée. Parce que j'avais vu juste, Lucas est un pur génie ! Il a converti leur élite à nos desseins, quelle sublime victoire !

Blaise déglutit avant de reprendre :

– Il faut interrompre la procédure immédiatement, mais j'ai besoin de votre signature.

Lucifer se leva pour aller marcher le long de la baie vitrée.

– Mon pauvre Blaise, tu es si bête que, certains jours, je me demande si ta présence ici n'est pas une erreur d'orientation. À quelle heure sera exécuté notre contrat ?

– L'explosion aura lieu à dix-sept heures précises, répondit-il en consultant fébrilement sa montre.

... Ce qui leur laissait exactement quarante-deux minutes pour annuler l'opération que Blaise avait savamment préparée.

– Nous n'avons pas une seconde à perdre, *Président* !

– Nous avons tout le temps, nous assurerons notre victoire sans prendre le moindre risque de rédemption. Nous ne changeons rien à ce qui était prévu... à un détail près..., ajouta Satan en se frottant le menton, nous les ramènerons tous les deux, à cinq heures précises !

— Mais quelle sera la réaction de notre adversaire ? demanda Blaise qui cédait à l'affolement.

— Un accident est un accident ! Ce n'est quand même pas moi qui ai inventé le hasard, à ce que je sache ? Prépare une réception pour leur arrivée, tu n'as que quarante minutes !

*

Le croisement de Broadway et de Colombus Avenue était depuis toujours le lieu de prédilection de tous les vices du genre humain : la drogue, les corps de femmes et d'hommes abandonnés par la vie s'y échangeaient à l'abri des regards indiscrets. Lucas se rangea à l'entrée d'une ruelle étroite et sombre. Sous un escalier délabré une jeune prostituée subissait les brutalités de son souteneur qui lui infligeait une correction magistrale.

— Regarde bien, dit Lucas ! Le voilà mon univers, l'autre visage de la nature humaine, celui que tu veux combattre. Va chercher ta part de bonté dans ce tas d'immondices, ouvre tes yeux en grand, sans compromis, tu verras la pourriture, la déchéance, la violence à son état brut. La putain qui meurt devant toi se fait souiller, dérouiller à en crever, sans opposer de résistance à l'homme à qui on l'a vendue. Comme cette Terre, il lui reste quelques instants de vie, quelques frappes encore et elle rendra son âme déchue. Voilà la raison de ce pari terrible qui nous lie. Tu voulais que je t'apprenne le mal, Zofia ? Il me suffit d'une leçon pour que toute sa dimension t'appartienne et te compromette pour toujours. Traverse cette ruelle, accepte de ne pas intervenir, tu verras, c'est d'une simplicité déconcertante de ne rien faire ; fais comme eux, passe ton chemin devant cette misère, je t'attendrai de l'autre côté ; quand tu seras arrivée là-bas, tu auras changé. Ce passage, c'est celui de l'entre-deux-mondes, sans espoir de retour.

Zofia descendit de la voiture, qui s'éloigna. Elle s'engagea dans une pénombre où chaque pas lui semblait plus lourd. Elle porta son regard au loin et de toutes ses forces elle essaya de résister. Sous ses pieds, la ruelle s'étendait à l'infini en un tapis de détritus épars qui maculaient le pavé tortueux.

Les murs étaient noir-de-gris, elle vit Sarah, la prostituée, accablée par les coups qui pleuvaient en rafales. Sa bouche était meurtrie de multiples blessures dont s'échappait un sang filant, aussi noir que l'abîme, sa tête chancelait, son dos n'était que déchirures, ses côtes craquaient l'une après l'autre sous le déchaînement des violences, mais soudainement elle luttait. Elle luttait pour ne pas tomber, ne pas laisser son ventre à la merci des talonnades qui achèveraient le peu de vie qui lui restait. Le poing lancé sur sa mâchoire envoya sa tête heurter le mur, le choc fut inouï, la résonance à l'intérieur de son crâne, terrible.

Sarah la vit, comme une ultime lueur d'espoir, comme un miracle offert à celle qui croyait en Dieu depuis jamais. Alors Zofia serra les dents, les poings, passa son chemin... et ralentit. Derrière elle, la femme mit un genou à terre, ne trouvant plus la force même de gémir. Zofia ne voyait pas la main de l'homme qui se levait comme un maillet au-dessus de la nuque résignée de la prostituée. Dans un brouillard de larmes, submergée d'une nausée indicible, elle reconnut à l'autre bout de la ruelle l'ombre de Lucas qui l'attendait, les bras croisés.

Elle s'arrêta, son être tout entier se figea et elle hurla son nom. Dans un cri d'une douleur qu'elle ne pouvait imaginer, elle l'appela si fort qu'elle déchira tous les silences du monde, condamna tous les abîmes, le temps d'une fraction de seconde que personne ne vit. Lucas courut jusqu'à elle, la dépassa et saisit l'homme, qu'il envoya rouler à terre. Ce dernier se releva aussitôt et fonça vers lui. La violence de Lucas fut indescriptible et l'homme se disloqua. En se vidant de son sang, il trahissait la tragédie de son arrogance défaite, ultime terreur qu'il emportait dans la mort.

Lucas s'accroupit devant le corps inanimé de Sarah. Il prit son pouls, glissa ses mains sous elle et la souleva dans ses bras.

– Viens, dit-il à Zofia d'une voix douce. Nous n'avons pas de temps à perdre, tu connais mieux que personne le chemin de l'hôpital, je vais conduire, tu me guideras, tu n'es pas en état.

Ils allongèrent la jeune femme sur la banquette, Zofia prit le gyrophare dans la boîte à gants et enclencha la sirène. Il était seize heures trente, la Ford filait à toute allure vers le San Francisco Memorial Hospital, ils y seraient dans moins d'un quart d'heure.

Dès son arrivée aux urgences, Sarah fut immédiatement prise en charge par deux médecins dont un réanimateur. Elle souffrait d'un enfoncement de la cage thoracique, les radios crâniennes révélèrent un hématome au lobe occipital sans lésion cérébrale apparente et un polytraumatisme facial. Un scanner confirmerait que ses jours n'étaient pas en danger. Il s'en était fallu de peu.

Lucas et Zofia quittèrent le parking.

– Tu es pâle comme un linceul, ce n'est pas toi qui l'as frappé, Zofia, c'est moi.

– J'ai échoué, Lucas, je ne suis pas plus capable que toi de changer.

– Je t'aurais haïe d'avoir réussi. C'est ce que tu es qui me touche, Zofia, pas ce que tu deviendrais pour t'accommoder de moi. Je ne veux pas que tu changes.

– Alors pourquoi tu as fait ça ?

– Pour que tu comprennes que ma différence est aussi la tienne, pour que tu ne me juges pas plus que je ne te juge, parce que ce temps qui nous éloigne en nous faisant défaut pourrait aussi nous rapprocher.

Zofia avisa la pendulette incrustée dans le tableau de bord et sursauta.

– Qu'est-ce que tu as ?

– Je vais manquer à la promesse que j'ai faite à Reine, et je vais lui faire de la peine. Je sais qu'elle a dû préparer un thé, cuisiner ses sablés tout l'après-midi, et qu'elle m'attend.

– Ce n'est pas si grave, elle t'excusera.

– Oui, mais elle sera déçue, je lui avais juré d'être ponctuelle, c'était important pour elle.

– Quand aviez-vous rendez-vous ?

– À dix-sept heures précises !

Lucas regarda sa montre, il était cinq heures moins dix, et le trafic devant eux leur laissait peu d'espoir d'honorer la promesse de Zofia.

– Tu auras un quart d'heure de retard tout au plus.

– Il sera trop tard, le jour sera tombé. Elle avait besoin pour me montrer ses photos d'une certaine lumière, comme d'un soutien, un prétexte à ouvrir certaines pages de sa mémoire. J'ai tellement œuvré pour que son cœur se libère, je lui devais d'être à ses côtés. Je ne suis vraiment plus grand-chose.

Lucas regarda sa montre et caressa la joue de Zofia en faisant la moue.

– On va refaire un petit tour de manège en gyrophare et en sirène, il nous reste sept minutes pour être dans les temps, vraiment pas de quoi en faire toute une éternité ! Accroche ta ceinture !

La Ford déboîta aussitôt sur la file de gauche et remonta California Street à toute allure. Dans le nord de la ville, tous les feux s'alignèrent pour former une allée magistrale de fanaux rouges, libérant tous les carrefours sur leur passage.

*

– Oui, oui, j'arrive ! répondit Reine à la petite sonnette qui carillonnait l'achèvement de la cuisson.

Elle se baissa pour sortir la pâtisserie de la gazinière. La plaque chaude était bien trop lourde pour qu'elle puisse la tenir d'une seule main. Elle laissa la porte du four ouverte et déposa la galette sur l'établi en émail. Prenant garde de ne pas se brûler, elle la fit glisser sur une planche de bois, prit une lame

large et fine et commença à découper des parts. Elle
épongea son front et sentit quelques gouttes qui
fuyaient dans sa nuque. Elle n'avait jamais de sueur :
sans doute était-ce cette pesante fatigue qui l'avait
saisie le matin et ne l'avait pas quittée depuis. Elle
abandonna le gâteau un instant pour aller dans sa
chambre. Un courant d'air entra alors dans la pièce
et tourbillonna jusque derrière le comptoir. Quand
Reine revint, elle regarda l'horloge, pressant le pas
pour disposer les tasses sur le plateau. Dans son dos,
l'une des sept bougies posées sur le plan de travail
s'était éteinte, celle qui était le plus près de la cuisinière à gaz.

*

La Ford bifurqua dans Van Ness et Lucas profita
du virage pour consulter sa montre, ils avaient
encore cinq minutes devant eux pour être à l'heure,
l'aiguille du compteur grimpa d'un cran.

*

Reine avança vers la vieille armoire et en ouvrit la
porte qui grinça de tout son bois. Sa main si joliment
tachée par les années se faufila sous la pile de linge
en dentelle d'antan, les doigts fragiles se refermèrent sur le registre en cuir craquelé. Elle ferma
ses paupières et huma la couverture du recueil avant
de le poser à même le sol, sur le tapis au milieu du
salon. Il ne lui restait plus qu'à faire chauffer l'eau
et tout serait fin prêt, Zofia arriverait d'une minute

à l'autre ; elle sentit son cœur battre un peu plus vite et s'attacha à contrôler l'émotion qui la gagnait. Elle retourna vers la cuisine et se demanda où elle avait bien pu ranger les allumettes.

*

Zofia s'accrochait du mieux qu'elle le pouvait à la dragonne au-dessus de la portière, Lucas lui sourit.

— Si tu savais le nombre de voitures que j'ai conduites, je n'en ai jamais éraflé une seule ! Encore deux petits feux et nous arriverons dans ta rue. Détends-toi, il n'est que cinq heures moins deux.

*

Reine fouilla le tiroir du buffet, puis celui de la desserte, enfin ceux du garde-manger, sans résultat. Elle tira le rideau sous le comptoir et regarda attentivement sur les étagères. En se relevant elle ressentit comme un léger vertige et secoua la tête avant de continuer ses recherches.

— Mais où ai-je bien pu les mettre ? maugréa-t-elle.

Elle regarda autour d'elle et trouva enfin la petite boîte posée sur le rebord de la cuisinière.

— Et l'eau, tu la verrais devant la mer ? se dit-elle en tournant la molette du brûleur.

*

Les pneus de la voiture crissèrent dans la courbe, Lucas venait de s'engager dans Pacific Heights et la maison n'était plus qu'à cent mètres. Il annonça fièrement à Zofia qu'au pire elle aurait quinze petites secondes de retard. Il coupa la sirène... et, dans sa cuisine, Reine craqua l'allumette.

L'explosion souffla instantanément toutes les vitres de la maison. Lucas appuya des deux pieds sur la pédale du frein, la Ford fit une embardée, évitant de justesse la porte d'entrée expulsée au milieu de la rue. Zofia et Lucas se regardèrent, horrifiés, le rez-de-chaussée était la proie des flammes, il leur était impossible de franchir un tel mur de feu. Il était dix-sept heures... juste passées de quelques secondes.

Mathilde avait été projetée au milieu du salon. Autour d'elle, tout était renversé : le petit guéridon gisait sur son côté, le cadre au-dessus de la cheminée s'était brisé en tombant, éparpillant mille éclats de verre sur le tapis. La porte du réfrigérateur pendait sur ses gonds, le grand lustre se balançait, dangereusement accroché au domino des fils électriques. Une âcre odeur de fumée s'infiltrait déjà par les lambourdes du plancher. Mathilde se redressa et passa ses mains sur son visage pour en chasser la poussière du sinistre. Son plâtre était fissuré sur toute sa longueur. Déterminée, elle en écarta les bords et le jeta loin devant elle. Réunissant toutes ses forces, elle prit appui sur le dossier de la chaise renversée et se releva. Elle se faufila en boitant parmi les décombres, toucha la porte d'entrée et, comme celle-ci n'était pas chaude, elle sortit sur le palier et avança jusqu'à la balustrade. Se penchant, elle avisa le chemin qu'elle pourrait se frayer au travers des nombreux foyers de l'incendie, puis entreprit de descendre l'escalier, ignorant les fulgurances dans sa jambe. La température dans le hall était insoutenable, il lui semblait que ses sourcils et ses cheveux allaient s'embraser d'une seconde à l'autre. Devant elle, une poutre incandescente se décrocha du plafond, entraînant dans sa chute une pluie de braises rougeoyantes. Le concert des craquements de bois était assourdissant, l'air qu'elle aspirait lui brûlait les poumons, à chaque inspiration Mathilde s'asphyxiait. La dernière marche réveilla trop vivement sa douleur, elle fléchit et s'étala de tout son long. Au contact du sol, elle profita du peu d'oxygène qui restait dans la pièce. Elle inspira et expira au prix de grands efforts, et recouvra ses esprits. Sur sa droite, le mur était éventré, il lui suffirait de ramper quelques mètres pour sauver sa vie, mais sur sa gauche, à même distance, Reine gisait sur le dos. Leurs regards se croisèrent au travers d'un voile de fumée. D'un geste de la main, Reine lui dit de s'en aller et lui montra le passage.

Mathilde se releva en hurlant sa douleur. Contractant ses mâchoires à s'en briser les dents, elle avança vers Reine. Chaque pas infligeait un coup de poignard dans sa chair. Elle repoussa les lambeaux de boiseries léchés par le feu et continua d'avancer. Elle entra dans l'appartement et s'allongea à côté de Reine pour reprendre son souffle.

– Je vais vous aider à vous relever, et vous vous accrocherez à moi, dit Mathilde en haletant.

Reine cligna des yeux en signe d'acquiescement.

Mathilde passa son bras sous la nuque de la vieille dame et entreprit de la soulever.

La souffrance fut insoutenable, une constellation d'étoiles l'éblouit, elle perdit l'équilibre.

– Sauve-toi, dit Reine, ne discute pas et pars d'ici. Dis de ma part à Zofia que je l'aime, dis-lui aussi que j'ai adoré mes conversations avec toi, que tu es très attachante. Tu es une fille formidable, Mathilde, tu as un cœur gros comme un ananas, alors essaie juste de mieux choisir celui à qui tu offres des quartiers, allez, file tant qu'il est temps. De toute façon, je voulais qu'on disperse mes cendres autour de ma maison, alors, à quelques détails près, j'aurai été exaucée.

– Vous croyez qu'il y a une petite chance pour que je sois moins têtue que vous à votre âge ? Je reprends mon souffle et on recommence dans deux secondes, on partira d'ici toutes les deux... ou pas !

Lucas apparut dans l'embrasure, il avançait vers elles. Il s'agenouilla devant Mathilde et lui expliqua comment tous trois sortiraient du brasier.

Il ôta le veston en tweed, couvrit la tête de Reine pour protéger son visage, la prit dans ses bras et se releva. Quand il donna le signal, Mathilde s'accrocha à ses hanches et le suivit, parfaitement collée à son corps qui faisait écran. Quelques secondes plus tard, tous les trois échappaient à l'enfer.

Lucas retenait Reine dans ses bras, Mathilde s'abandonna à ceux de Zofia qui avait accouru vers elle. Les sirènes des secours se rapprochaient. Zofia allongea son amie sur la pelouse de la maison voisine.

Reine ouvrit les yeux et regarda Lucas, un sourire de malice au coin des lèvres.

— Si on m'avait dit qu'un beau jeune homme comme ça...

Mais une quinte de toux l'empêcha de poursuivre.

— Gardez vos forces !

— Ça te va plutôt bien le côté prince charmant, mais tu dois être drôlement myope quand même, parce que, franchement, autour de toi il y a bien mieux que ce que tu as dans les bras.

— Vous avez beaucoup de charme, Reine.

— Oui, sûrement autant qu'une vieille bicyclette dans un musée ! Ne la perds pas, Lucas, il y a des erreurs qu'on ne se pardonne jamais, crois-moi ! Maintenant, si tu voulais bien me reposer, je crois que quelqu'un d'autre va venir me chercher !

— Ne dites pas de bêtises !

— Et toi, n'en fais pas !

Les secours venaient d'arriver. Les pompiers s'attaquèrent aussitôt à l'incendie. Pilguez courut vers Mathilde et Lucas s'avança vers les brancardiers qui poussaient une civière. Il les aida à y allonger Reine. Zofia le rejoignit et grimpa dans l'ambulance.

— Retrouvons-nous à l'hôpital, je te confie Mathilde !

Un policier avait demandé une seconde ambulance, Pilguez fit annuler l'ordre, pour gagner du temps il conduirait Mathilde lui-même. Il enjoignit Lucas de le suivre et tous deux la prirent sous l'épaule pour l'installer à l'arrière du véhicule. L'ambulance de Reine était déjà loin.

Un maelström de lumières bleues et rouges scintillait dans l'habitacle, Reine regarda par la fenêtre et serra la main de Zofia.

– C'est drôle, le jour où l'on s'en va, on pense à tout ce que l'on n'a pas vu.

– Je suis là, Reine, murmura Zofia, reposez-vous.

– Toutes mes photos ont brûlé maintenant, sauf une. Je l'ai gardée cachée sur moi toute ma vie, elle était pour toi, je voulais te la donner ce soir.

Reine tendit son bras et ouvrit sa main qui ne contenait que du vide. Zofia la regarda, interloquée, Reine lui sourit en retour.

– Tu as cru que j'avais perdu la boule, hein ? C'est la photo de l'enfant que je n'ai jamais eu, elle aurait été certainement ma plus belle. Prends-la et mets-la près de ton cœur, elle a tellement manqué au mien. Zofia, je sais que tu feras un jour quelque chose qui me rendra fière de toi pour toujours. Tu voulais savoir si le Bachert n'était qu'un joli conte ? Je vais te dire la vérité. C'est à chacun d'entre nous de rendre son histoire vraie. Ne renonce pas à ta vie et bats-toi.

Reine lui caressa la joue tendrement.

– Et approche-toi que je t'embrasse, si tu savais comme je t'aime, tu m'as donné de vraies années de bonheur.

Elle serra Zofia dans ses bras et lui offrit dans cette étreinte toutes les forces qui lui restaient.

– Je vais me reposer un peu maintenant, je vais avoir plein de temps pour me reposer.

Zofia inspira profondément pour retenir ses larmes. Elle posa sa tête sur la poitrine de Reine qui respirait lentement. L'ambulance entra dans le sas des urgences, et les portes s'ouvrirent. On transporta Reine, et pour la seconde fois de la semaine Zofia s'assit dans la salle d'attente réservée aux familles des patients.

À l'intérieur de la maison de Reine, la couverture en cuir craquelé d'un vieil album finissait de se consumer.

Les portes coulissèrent à nouveau pour laisser Mathilde entrer dans le sas, soutenue par Lucas et Pilguez. Une infirmière se précipita vers eux en poussant une chaise roulante.

– Laissez tomber ! dit Pilguez. Elle nous a menacés de repartir si on la mettait là-dessus !

La nurse récita par cœur le règlement des admissions à l'hôpital et Mathilde se rangea aux raisons des assurances en s'installant de mauvaise grâce dans le fauteuil. Zofia se rendit auprès d'elle.

– Comment te sens-tu ?

– Comme un charme.

Un interne vint chercher Mathilde et l'emmena vers une salle d'examen. Zofia promit de l'attendre.

– Pas trop longtemps ! dit Pilguez dans son dos.

Zofia se retourna vers lui.

– Lucas m'a tout dit dans la voiture, ajouta-t-il.

– Qu'est-ce qu'il vous a dit ?

– Que certaines affaires immobilières ne lui avaient pas valu que des amis ! Zofia, je pense très sérieusement que vous êtes l'un comme l'autre en danger. Lorsque j'ai vu votre ami au restaurant il y a quelques jours, je pensais qu'il travaillait pour le gouvernement et non qu'il venait vous y voir. Deux explosions au gaz en une semaine, en deux endroits où vous vous trouviez, ça fait beaucoup pour une coïncidence !

— La première fois, au restaurant, je crois que c'était vraiment un accident ! dit Lucas de l'autre bout de la salle.

— Peut-être ! reprit l'inspecteur. En tout cas, c'est du travail de grand professionnel, nous n'avons pas retrouvé le moindre indice qui permette de supposer qu'il s'agisse d'autre chose. Ceux qui ont monté ces coups sont démoniaques, et je ne vois pas ce qui les arrêtera tant qu'ils n'auront pas atteint leur but. Il va falloir vous protéger, et m'aider à convaincre votre petit camarade de collaborer.

— Ce sera difficile.

— Faites-le avant qu'il ne m'ait foutu le feu à tous les quartiers de la ville ! En attendant je vais vous mettre en sécurité pour la nuit. Le directeur du Sheraton de l'aéroport me doit quelques retours d'ascenseur, c'est le moment d'appuyer sur le bouton ! Il saura vous réserver un accueil des plus confidentiels. Je lui passe un appel et je vous emmène. Allez dire au revoir à votre copine.

Zofia souleva le rideau et entra dans le box d'examen. Elle s'approcha de son amie.

— Quelles sont les nouvelles ?

— Rien que du banal ! répondit Mathilde. Je vais avoir un plâtre tout neuf ; ils veulent me garder en observation pour être sûrs que je n'ai pas inhalé trop de fumées toxiques. Les pauvres, s'ils savaient ce que j'ai pu avaler comme trucs toxiques dans ma vie, ils ne seraient pas si inquiets. Comment va Reine ?

– Pas très bien. Elle est au service des grands brûlés. Elle dort, on ne peut pas la voir, ils l'ont mise dans une chambre stérile, au quatrième étage.

– Tu viendras me chercher demain ?

Zofia lui tourna le dos et regarda le panneau lumineux où étaient accrochées les radiographies.

– Mathilde, je ne crois pas que je pourrai être là.

– Je ne sais pas pourquoi, mais je m'en doutais un peu. C'est le lot de l'amitié de se réjouir que l'autre rompe un jour son célibat, même quand cela renvoie à sa propre solitude. Nos moments vont rudement me manquer.

– À moi aussi. Je vais partir en voyage, Mathilde.

– Longtemps ?

– Oui, assez longtemps.

– Mais tu reviendras quand même ?

– Je n'en sais rien.

Les prunelles de Mathilde s'embrumèrent de chagrin.

– Je crois que je comprends. Vis, ma Zofia, l'amour est court, mais les souvenirs durent long-temps.

Zofia prit Mathilde dans ses bras et la serra très fort.

– Tu seras heureuse ? demanda Mathilde.

– Je ne sais pas encore.

– On pourra se téléphoner de temps en temps ?

– Non, je ne pense pas que cela sera possible.

– C'est si loin que ça l'endroit où il t'emmène ?

— Encore plus loin. Je t'en prie, ne pleure pas.

— Je ne pleure pas, c'est cette fumée qui continue à piquer, allez, file d'ici !

— Prends soin de toi, dit Zofia d'une voix douce en s'éloignant.

Elle souleva le rideau et regarda à nouveau son amie, les yeux pleins de tristesse.

— Tu vas pouvoir te débrouiller toute seule ?

— Toi aussi, prends soin de toi... pour une fois, dit Mathilde.

Zofia sourit, et le voile blanc retomba.

L'inspecteur Pilguez était au volant, Lucas assis à côté de lui. Le moteur tournait déjà. Zofia monta à l'arrière. Le véhicule quitta l'auvent des urgences et prit la direction de l'autoroute. Personne ne parlait.

Zofia, le cœur trop lourd, revivait quelques souvenirs projetés sur les façades et les carrefours qui défilaient par la fenêtre. Lucas inclina le rétroviseur pour la regarder, Pilguez fit la moue et le remit en place. Lucas patienta quelques secondes et le tourna à nouveau.

— Ça vous dérange que je conduise ? râla Pilguez en le remettant dans le bon sens.

Il abaissa le pare-soleil côté passager, ouvrit le miroir de courtoisie et reposa ses mains sur le volant.

La voiture quitta la Highway 101 à la hauteur de South Airport Boulevard. Quelques instants plus tard, Pilguez se rangeait sur le parking du Sheraton.

Le directeur de l'hôtel leur avait réservé une suite au sixième étage, le plus haut. Ils avaient été enregistrés dans l'établissement au nom de Oliver et

Mary Sweet. Pilguez avait haussé les épaules en expliquant qu'il n'y avait rien de mieux pour attirer l'attention que les Doe et les Smith. Avant de les laisser, il leur recommanda de ne pas quitter leur chambre et de faire appel au room service pour se restaurer. Il leur donna le numéro de son beeper et les informa qu'il viendrait les chercher le lendemain avant midi. S'ils s'ennuyaient, ils pourraient commencer la rédaction d'un rapport sur les événements de la semaine, ce serait autant de travail en moins pour lui. Lucas et Zofia le remercièrent suffisamment pour qu'il en soit gêné et il partit, la mine bourrue, agrémentant son « au revoir » de quelques « Ça va, ça va ». Il était vingt-deux heures, la porte de la suite se refermait sur eux.

Zofia se rendit à la salle de bains. Lucas s'allongea sur le lit, prit la télécommande et fit défiler les chaînes. Les programmes le firent rapidement bâiller. Il éteignit la télévision. Il entendait l'eau couler derrière la porte, Zofia prenait une douche. Alors, il regarda la pointe de ses chaussures, remit en place le revers de son pantalon, en épousseta les deux genoux et tira sur le pli. Il se leva, ouvrit le minibar, qu'il referma aussitôt, avança près de la fenêtre, souleva le voilage, avisa le parking désert et retourna s'allonger. Il observa sa cage thoracique qui se gonflait et se dégonflait au fur et à mesure des mouvements de sa respiration, soupira, inspecta l'abatjour de la lampe de chevet, déplaça le cendrier légèrement sur la droite et fit coulisser le tiroir de la table de la nuit. Son attention fut attirée par la petite couverture cartonnée de l'ouvrage, gravée au sigle de l'hôtel ; il le prit et commença à lire. Les premières lignes le plongèrent dans un effroi absolu. Il continua sa lecture en tournant les pages de plus en plus vite. Au septième feuillet, il se leva hors de lui et alla frapper à la salle de bains.

— Je peux entrer ?

— Une seconde, demanda Zofia en enfilant un peignoir.

Elle ouvrit et le trouva fulminant, faisant les cent pas au seuil de la porte.

— Qu'est-ce qu'il y a ? demanda-t-elle, inquiète.

— Il y a que plus personne ne respecte rien !

Il agita le petit livre qu'il tenait dans la main et poursuivit en désignant la couverture :

— Ce Sheraton a entièrement pompé le livre de Hilton ! Et je sais de quoi je parle, c'est mon auteur préféré.

Zofia lui prit l'ouvrage des mains et le lui rendit aussitôt. Elle haussa les épaules :

— C'est la Bible, Lucas !

À son air interrogatif, elle ajouta d'un air désolé :

— Laisse tomber !

Elle n'osait pas lui dire qu'elle avait faim, il le devina à la façon dont elle feuilletait le livret du service d'étage.

— Il y a une chose que je voudrais comprendre une bonne fois pour toutes, demanda-t-elle. Pourquoi mettent-ils des horaires devant les menus ? Ça sous-entend quoi ? Que passé dix heures trente le matin ils doivent absolument ranger leurs corn flakes dans un coffre-fort avec une serrure à horodateur qui ne s'ouvrira plus avant le lendemain ? C'est bizarre, quand même ! Et si tu as envie de céréales à dix heures trente, mais du soir ! Et regarde, ils font pareil avec les crêpes ! De toute façon, tu n'as qu'à mesurer la longueur du cordon de leur sèche-cheveux dans la salle de bains et tu as tout compris ! Celui qui a inventé le système devait être chauve ; il faut que tu te colles à dix centimètres du mur pour te réchauffer une mèche.

Lucas la prit dans ses bras et la serra contre lui pour la calmer.

— Tu es en train de devenir exigeante !

Elle regarda autour d'elle et rougit.

— Peut-être !

— Tu as faim !

— Pas du tout !

— Je crois que si !

— Un petit quelque chose à grignoter alors, mais pour te faire plaisir.

— Des *Frosties* ou des *Special K* ?

— Ceux qui font « Snap, Crackle, Pop » quand tu les croques ?

— *Rice Krispies* ! Je m'en occupe.

— Sans lait !

— Pas de laitage, accorda Lucas en décrochant le téléphone.

— Mais du sucre, plein de sucre !

— Je m'en occupe aussi !

Il raccrocha et vint s'asseoir à côté d'elle.

— Tu ne t'es rien commandé ? dit-elle.

— Non, je n'ai pas faim, répondit Lucas.

Après que le room service eut délivré sa commande, elle prit une serviette-éponge et dressa le couvert sur le lit. À chaque cuillerée avalée, elle en enfournait une dans la bouche de Lucas qui l'acceptait de bonne grâce. Un éclair zébra le ciel dans le lointain. Lucas se leva et ferma les rideaux. Il revint s'allonger près d'elle.

– Demain, je trouverai une solution pour que nous leur échappions, dit Zofia. Il doit bien y avoir un moyen.

– Ne dis rien, murmura Lucas. J'aurais voulu des dimanches fantastiques, vivre des demains avec toi en rêvant qu'il y en aurait plein d'autres, mais il ne nous reste qu'une seule journée, et celle-là, je veux que nous la vivions vraiment.

Le peignoir de Zofia se défit légèrement, il en referma les pans, elle posa ses lèvres sur les siennes et murmura :

– Déchois-moi !

– Non, Zofia, les petites ailes tatouées sur ton épaule te vont trop bien et je ne veux pas que tu les brûles.

– Je veux repartir avec toi.

– Pas comme ça, pas pour ça.

Il chercha à tâtons l'interrupteur de la lampe, Zofia se blottit tout contre lui.

Dans sa chambre d'hôpital, Mathilde éteignit la lumière. Cette nuit encore, elle s'endormirait juste au-dessus du lit de Reine. Les cloches de la cathédrale sonnèrent minuit.

Il y eut une nuit, il y eut un matin...

Sixième Jour

Elle s'était avancée jusqu'à la fenêtre sur la pointe des pieds. Lucas dormait encore. Elle avait ouvert les rideaux sur l'aube d'un matin de novembre. Elle regarda le soleil qui perçait la brume et se retourna pour contempler Lucas qui s'étirait.

— Tu as dormi ? demanda-t-il.

Elle s'enroula dans son peignoir et colla son front à la vitre.

— Je t'ai commandé un petit déjeuner, ils ne vont pas tarder à frapper, je vais aller me préparer.

— C'est si urgent que ça ? dit-il en prenant son poignet pour l'entraîner vers lui.

Elle s'assit sur le bord du lit et passa sa main dans les cheveux de Lucas.

— Tu sais ce que c'est que le Bachert ? lui demanda-t-elle.

— Ça me dit quelque chose, j'ai dû lire ce mot quelque part, répondit Lucas en plissant le front.

— Je ne veux pas que nous abandonnions.

— Zofia, nous avons l'enfer à nos trousses, il nous reste jusqu'à demain et aucun endroit pour fuir.

Restons là, tous les deux, et vivons le temps qui nous est offert.

— Non, je ne me résoudrais pas à leur volonté. Je ne suis pas un pion sur leur échiquier et je veux trouver le mouvement qu'ils n'avaient pas prévu. Il y a toujours un rebelle qui se cache parmi les impossibles.

— Mais là, tu parles d'un miracle, et ce n'est vraiment pas mon rayon...

— C'est supposé être le mien ! dit-elle en se levant pour ouvrir au service d'étage.

Elle signa la note, referma la porte et poussa la table roulante jusqu'à la chambre.

— Je suis trop loin de leurs pensées maintenant pour qu'ils puissent m'entendre, dit-elle en remplissant la tasse.

Elle prit les céréales qu'elle recouvrit de trois sachets de sucre.

— Tu ne veux vraiment pas de lait ? demanda Lucas.

— Non merci, c'est tout mou après.

Elle regarda par la fenêtre la ville qui s'étendait au loin et sentit la colère monter.

— Je ne peux pas regarder ces murs tout autour de moi et me dire qu'ils ont plus d'immortalité que nous désormais, ça me rend folle de rage.

— Bienvenue sur la Terre, Zofia !

Lucas se leva et laissa la porte de la salle de bains entrouverte. Zofia repoussa le plateau, songeuse. Elle se leva, arpenta le petit salon, revint vers la chambre et s'allongea sur le lit. Sur la table de nuit, le petit livre éveilla son attention, elle bondit sur ses pieds.

— Je connais un endroit ! cria-t-elle à Lucas.

Il passa la tête par la porte entrebâillée, une volute de buée entourait son visage.

— Moi aussi je connais plein d'endroits !

— Je ne plaisante pas, Lucas !

— Moi non plus, dit-il d'un air taquin. Tu m'en dis un peu plus ? Dans cette position j'ai à moitié chaud et à moitié froid, il y a un gros écart de température entre les deux pièces.

— Je connais un lieu sur la Terre où plaider notre cause.

Elle avait l'air si triste et si troublée, si fragile dans son espoir, que Lucas s'en inquiéta.

— Quel est cet endroit ? demanda-t-il d'une voix grave.

— Le vrai toit du monde, la montagne sacrée où tous les cultes cohabitent et se respectent, le mont Sinaï. Je suis sûre que, de là-haut, je pourrai encore parler à mon *Père* et *Lui* peut-être m'entendra.

Lucas regarda l'horloge du magnétoscope.

— Renseigne-toi sur les horaires, je m'habille et je reviens tout de suite.

Zofia se précipita sur le téléphone et composa le numéro des renseignements aériens. Le disque lui promit qu'un opérateur traiterait très bientôt sa demande. Impatiente, elle regarda par la fenêtre une mouette qui prenait son envol. Quelques ongles rongés plus tard, personne n'avait pris son appel, Lucas arriva dans son dos et l'entoura de ses bras pour murmurer :

— Au moins quinze heures de vol, auxquelles il faut ajouter dix de décalage horaire... lorsque nous arriverons, nous ne pourrons même plus nous dire adieu sur un trottoir d'aéroport, ils nous auront déjà séparés depuis longtemps. Il est trop tard, Zofia, le toit de ton monde est trop loin d'ici.

Le combiné du téléphone retrouva sa place. Elle se retourna pour plonger ses yeux au fond des siens et ils s'embrassèrent, pour la première fois.

*

Bien plus au nord, la mouette vint se poser sur une autre balustrade. De sa chambre d'hôpital, Mathilde laissa un message sur le portable de Zofia et raccrocha.

*

Zofia recula de quelques pas.

— Je connais un moyen, dit-elle.

— Tu ne renonceras pas !

— À l'espoir ? Jamais ! Je suis programmée pour ça ! Finis vite de te préparer et fais-moi confiance.

— Je ne fais que ça !

Dix minutes plus tard, ils sortirent sur le parking de l'hôtel et Zofia se rendit compte qu'il leur fallait une voiture.

— Laquelle ? demanda Lucas d'un air désabusé en regardant le parc des véhicules en stationnement.

À la demande de Zofia, il se résigna à « emprunter » la plus discrète. Ils reprirent aussitôt la Highway 101, cette fois en direction du nord. Lucas voulut savoir où ils se rendaient, mais Zofia, plongée dans son fourre-tout à la recherche de son téléphone, ne lui répondit pas. Elle n'eut pas le temps de composer le numéro de l'inspecteur Pilguez pour le prévenir de ne pas se déranger, sa messagerie sonna, elle prit l'appel :

« C'est moi, c'est Mathilde, je voulais te dire de ne plus te faire de soucis. Je leur ai tellement pourri la matinée qu'ils me laisseront sortir avant midi. J'ai appelé Manca, il viendra me chercher pour me ramener chez moi, et puis il m'a promis qu'il passerait tous les soirs m'apporter à dîner, jusqu'à ce que je sois remise... peut-être que je ferai un peu durer la chose... L'état de Reine n'a pas évolué, on ne peut pas lui rendre visite, elle dort. Zofia, il y a des choses que l'on dit en amour et que l'on n'ose pas en amitié, alors voilà, tu as été bien plus que la clarté de mes journées ou la complice de mes nuits, tu as été et tu restes mon amie. Où que tu ailles, bonne route. Tu me manques déjà. »

Zofia pressa le petit bouton de toute la force de ses doigts et son portable s'éteignit ; elle le laissa choir au fond du sac.

— Roule vers le centre de la ville.

— Où nous emmènes-tu ? demanda Lucas.

— Dirige-toi vers le Transamerica Building, la Tour en forme de pyramide, sur Montgomery Street.

Lucas s'immobilisa sur la bande d'arrêt d'urgence.

— À quoi tu joues ?

— On ne peut pas toujours compter sur les voies

aériennes, mais celles du ciel restent impénétrables, démarre !

La vieille Chrysler reprit sa route, dans le silence le plus absolu. Ils quittèrent la 101 à l'embranchement de 3rd Street.

– Nous sommes vendredi ? demanda Zofia, soudainement inquiète.

– Hélas ! répondit Lucas.

– Quelle heure il est ?

– Tu m'avais demandé une voiture discrète ! Tu noteras que celle-ci ne donne même pas l'heure ! Il est midi moins vingt !

– On doit faire un détour, j'ai une promesse à tenir, roule vers l'hôpital, s'il te plaît.

Lucas bifurqua pour remonter California Street, et dix minutes plus tard ils entraient dans l'enceinte du complexe hospitalier. Zofia lui demanda de se garer devant l'unité de pédiatrie.

– Viens, dit-elle en refermant sa portière.

Il la suivit dans le hall jusqu'aux portes de l'ascenseur. Elle prit sa main dans la sienne, l'entraîna et appuya sur le bouton. La cabine s'éleva jusqu'au septième étage.

Au milieu du couloir où d'autres enfants jouaient, elle reconnut le petit Thomas. Il lui sourit en la voyant, elle lui rendit son bonjour d'un signe de tendresse et s'avança vers lui. Elle reconnut l'ange qui se tenait à son côté. Elle se figea et Lucas sentit alors la main de Zofia serrer la sienne. L'enfant reprit celle de Gabriel et continua son chemin vers l'autre bout du corridor sans jamais la quitter des yeux. À la porte qui donnait sur le jardin d'automne, le petit garçon se retourna une dernière fois. Il ouvrit sa main en grand et souffla un baiser dans sa paume. Il ferma ses paupières et, tout en sourire, disparut dans la pâle lumière de cette fin de matin. À son tour Zofia ferma les yeux.

— Viens, lui murmura Lucas en l'entraînant.

Quand la voiture quitta le parking, elle eut un haut-le-cœur.

— Tu parlais de certains jours où le monde se referme sur nous ? dit Zofia. C'est une de ces journées-là.

Ils roulèrent à travers la ville sans se dire un mot. Lucas ne prit aucun raccourci, bien au contraire, les chemins qu'il choisit furent les plus longs. Il roula au bord de l'océan et s'arrêta. Elle l'emmena marcher sur la plage bordée d'écume.

Ils arrivèrent une heure plus tard au pied de la Tour. Zofia tourna trois fois autour du bloc sans trouver une place de stationnement.

— On ne paye pas les PV des voitures volées ! dit-il en levant les yeux au ciel. Gare-toi n'importe où !

Zofia se rangea le long du trottoir réservé aux livraisons. Elle se dirigea vers l'entrée est, Lucas lui emboîta le pas. Lorsque la dalle bascula dans la paroi, Lucas eut un mouvement de recul.

— Tu es sûre de ce que tu fais ? demanda-t-il, inquiet.

— Non ! Suis-moi !

Ils parcoururent les couloirs qui conduisaient au

grand hall. Pierre était derrière son comptoir, il se leva en les voyant.

– Tu ne manques pas de culot de l'amener ici ! dit-il à Zofia d'un air outré.

– J'ai besoin de toi, Pierre.

– Est-ce que tu sais que tout le monde te cherche et que tous les gardiens de la Demeure sont à vos trousses. Qu'as-tu fait, Zofia ?

– Je n'ai pas le temps de t'expliquer.

– C'est bien la première fois que je vois quelqu'un de pressé ici.

– Il faut que tu m'aides, je ne peux compter que sur toi. Je dois me rendre au mont Sinaï, donne-moi l'accès au passage qui y conduit par Jérusalem.

Pierre se frotta le menton en les dévisageant tous les deux.

– Je ne peux pas faire ce que tu me demandes, on ne me le pardonnerait pas. En revanche, dit-il en s'éloignant vers une extrémité du hall, il se pourrait bien que tu aies le temps de trouver ce que tu cherches, pendant que je préviens la sécurité de votre présence ici. Regarde dans le compartiment central de la console.

Zofia se précipita derrière le comptoir déserté par Pierre et en ouvrit tous les tiroirs. Elle choisit la clé qui lui semblait la bonne et entraîna Lucas. La porte dissimulée dans le mur s'ouvrit quand elle introduisit le passe. Elle entendit la voix de Pierre dans son dos.

– Zofia, c'est un passage sans retour, tu sais ce que tu fais ?

– Merci pour tout, Pierre !

Il hocha la tête et tira sur une grande poignée qui pendait au bout d'une chaîne, les cloches de Grace Cathedral sonnèrent et Zofia et Lucas eurent à peine le temps de se faufiler dans l'étroit corridor avant que toutes les portes du grand hall ne se referment.

Ils en ressortirent quelques instants plus tard par une ouverture dans la palissade d'un terrain vague.

Le soleil inondait de ses rayons la petite rue bordée d'immeubles de trois ou quatre étages aux façades défraîchies. Lucas prit un air soucieux en regardant autour de lui. Zofia s'adressa au premier homme qui passait près d'elle.

– Vous parlez notre langue ?

– J'ai l'air d'un abruti ? répondit l'homme en s'éloignant, vexé.

Zofia ne se découragea pas et se rapprocha d'un piéton qui traversait.

– Je cherche... ?

Elle n'eut pas le temps de finir sa phrase, l'homme avait déjà rejoint le trottoir d'en face.

– Les gens sont plutôt accueillants pour une ville sainte ! dit Lucas, ironique.

Zofia ne fit aucun cas de la réflexion et interpella une troisième personne. L'homme vêtu tout de noir était sans aucun doute un religieux.

– Mon père, demanda-t-elle, pouvez-vous m'indiquer la route du mont Sinaï ?

Le prêtre la toisa de pied en cap et s'en alla en haussant les épaules. Adossé à un réverbère, Lucas croisait les bras en souriant. Zofia se retourna vers une femme qui marchait dans sa direction.

– Madame, je cherche le mont Sinaï ?

– Vous n'êtes pas très drôle, mademoiselle, répondit la passante en s'éloignant.

Zofia avança vers le marchand de salaisons qui arrangeait sa devanture en discutant avec un livreur.

– Bonjour, est-ce que l'un d'entre vous peut m'indiquer comment se rendre au mont Sinaï ?

Les deux hommes se regardèrent, intrigués, et reprirent le cours de leur échange sans plus prêter la moindre attention à Zofia. En traversant la rue, elle manqua de se faire renverser par un automobiliste qui klaxonna vivement en la frôlant.

– Ils sont absolument charmants, dit Lucas à voix basse.

Zofia tourna sur elle-même à l'affût d'une quelconque assistance. Elle sentit la colère l'envahir, elle saisit une cagette vide au pied de l'étal du marchand, descendit sur la chaussée pour se planter au milieu du carrefour, grimpa sur sa petite estrade improvisée et, mains sur les hanches, hurla :

– Est-ce que quelqu'un ici voudrait bien me prêter attention une petite minute, j'ai une question importante à poser !

La rue se figea et tous les regards convergèrent vers elle. Cinq hommes qui passaient en cortège se rapprochèrent et dirent à l'unisson :

– Quelle est la question ? Nous avons une réponse !

– Je dois me rendre au mont Sinaï, c'est une urgence !

Les rabbins formèrent un cercle autour d'elle. Ils se consultèrent tour à tour, échangeant avec force gestes leur avis sur la direction la plus appropriée à indiquer. Un homme de petite taille se faufila entre eux pour s'approcher de Zofia.

— Suivez-moi, dit-il, j'ai une voiture, je peux vous conduire.

Il se dirigea immédiatement vers une vieille Ford garée à quelques mètres de là. Lucas abandonna son lampadaire et se joignit à l'équipage.

— Dépêchez-vous, ajouta l'homme en ouvrant les portières, il fallait dire tout de suite que c'était une urgence.

Lucas et Zofia prirent place à l'arrière et la voiture démarra en trombe. Lucas regarda autour de lui, fronça à nouveau les sourcils et se pencha à l'oreille de Zofia :

— Il serait plus sage de se coucher sur la banquette, ce serait trop bête de se faire repérer si près du but.

Zofia n'avait aucune envie de discuter. Lucas se tassa et elle posa sa tête sur ses genoux. Le conducteur jeta un coup d'œil dans son rétroviseur, Lucas lui rendit un large sourire.

La voiture roulait à vive allure, chahutant ses passagers. Une demi-heure plus tard, elle pila à un carrefour.

— Le mont Sinaï vous vouliez, au mont Sinaï vous voilà ! dit l'homme en se retournant, ravi.

Zofia se redressa, très étonnée, le chauffeur lui tendait la main.

— Déjà ? Je croyais que c'était beaucoup plus loin.

— Eh bien, c'était beaucoup plus près ! répondit le conducteur.

— Pourquoi me tendez-vous la main ?

– Pourquoi ? dit-il en haussant le ton. De Brooklyn à 1470 Madison Avenue, ça fait vingt dollars, voilà pourquoi !

Zofia regarda par la fenêtre en écarquillant les yeux. La grande façade du Mont Sinaï Hospital de Manhattan se dressait devant elle.

Lucas soupira.

– Je suis désolé, je ne savais pas comment te le dire.

Il régla le chauffeur et entraîna Zofia qui ne disait plus mot. Elle tituba jusqu'au petit banc sous l'abri d'autobus et s'assit, hébétée.

– Tu t'es trompée de mont Sinaï, tu as pris la clé de la petite Jérusalem de New York, dit Lucas.

Il s'agenouilla devant elle et prit ses mains dans les siennes.

– Zofia, arrête maintenant... Ils n'ont pas réussi à statuer sur le sort du monde en des milliers d'années, tu crois vraiment que nous avions une chance en sept jours ? Demain à midi nous serons séparés, ne perdons pas une minute du temps qu'il nous reste. Je connais bien la ville, laisse-moi faire de cette journée notre moment d'éternité.

Il l'entraîna et tous deux descendirent la Cinquième Avenue, en direction de Central Park.

Il l'emmena dans une petite trattoria du Village. Le jardin arrière était désert en cette saison, ils s'y firent servir un déjeuner de fête. Ils remontèrent jusqu'à SoHo, entrèrent dans toutes les boutiques, se changèrent dix fois, abandonnant les vêtements de l'instant précédent aux sans-abri qui erraient sur les trottoirs. À cinq heures, elle eut envie de pluie, il lui fit descendre la rampe d'un parking et l'installa au milieu de la travée. Il alluma son briquet sous une buse anti-incendie et ils remontèrent l'allée main dans la main sous une averse unique. Ils s'enfuirent en courant aux premières sirènes des pompiers. Ils se séchèrent devant la grille d'un gigantesque extracteur d'air et entrèrent s'abriter dans un complexe de cinéma. Qu'importait la fin des films, pour eux, seuls les débuts comptaient ; ils changèrent sept fois de salle, sans jamais perdre un seul pop-corn au cours de leurs cavalcades dans les couloirs. Quand ils sortirent, la nuit était déjà tombée sur Union Square. Un taxi les déposa au coin de 57th Street. Ils entrèrent dans un grand magasin qui fermait tard. Lucas choisit un smoking noir, elle opta pour un tailleur à la mode.

– Les relevés ne tombent qu'à la fin du mois ! chuchota-t-il à son oreille alors qu'elle hésitait sur une étole.

Ils ressortirent par la Cinquième Avenue et traversèrent le hall du grand palace qui bordait le parc. Ils montèrent jusqu'au dernier étage. Depuis la table qu'on leur attribua, la vue était sublime. Ils goûtèrent à tous les plats qu'elle ne connaissait pas, elle s'attarda sur les desserts.

– Ça ne fait grossir que le surlendemain, dit-elle en choisissant sur le menu le soufflé au chocolat.

Il était onze heures du soir quand ils entrèrent dans Central Park. L'air y était doux. Ils marchèrent le long des chemins bordés de réverbères et s'assirent sur un banc sous un grand saule. Lucas ôta sa veste et couvrit les épaules de Zofia. Elle regarda le

269

petit pont de pierre blanche dont la voûte surplombait l'allée et dit :

– Dans la ville où je voulais t'emmener, il y a un grand mur. Les hommes écrivent des vœux sur des bouts de papier qu'ils glissent entre les pierres. Nul n'a le droit de les enlever.

Un clochard passa dans l'allée, il les salua et sa silhouette disparut dans la pénombre, sous l'arche du petit pont. Il y eut un long moment de silence. Lucas et Zofia regardèrent le ciel, une immense lune ronde diffusait autour d'eux une lumière argentée. Leurs mains se joignirent, Lucas déposa un baiser au creux de la paume de Zofia, il huma le parfum de sa peau et murmura :

– Un seul instant de toi valait toutes les éternités.

Zofia se serra contre lui.

Puis Lucas prit Zofia dans ses bras et, dans la confidence de la nuit, il l'aima tendrement.

*

Jules entra dans l'hôpital. Il avança jusqu'aux ascenseurs sans que personne le remarque, les Anges Vérificateurs savaient se rendre invisibles quand ils le voulaient... Il appuya sur le bouton du quatrième étage. Lorsqu'il passa devant la salle de garde, l'infirmière ne vit pas la silhouette qui avançait dans la pénombre du couloir. Il s'arrêta devant la porte de la chambre, remit bien en place son pantalon en tweed au motif prince-de-galles, frappa doucement et entra sur la pointe des pieds.

Il s'approcha, souleva le voile entourant le lit où

Reine dormait et s'assit à son côté. Il reconnut la veste dans la penderie, et l'émotion troubla son regard. Il caressa le visage de Reine.

– Tu m'as tellement manqué, chuchota Jules. C'était long dix ans sans toi.

Il posa un baiser sur ses lèvres et le petit écran vert sur la table de nuit parapha la vie de Reine Sheridan d'un long trait continu.

L'ombre de Reine se leva et ils partirent tous les deux, main dans la main...

*

... Il était minuit dans Central Park et Zofia s'endormait sur l'épaule de Lucas.

Il y eut un soir, il y eut un matin...

Septième Jour

Une fine brise soufflait sur Central Park. La main de Zofia glissa sur le dossier du banc et retomba. Le froid du petit matin la faisait frissonner. Engourdie dans son sommeil, elle resserra le col du manteau sur sa nuque et ramena ses genoux contre elle. La pâleur du jour naissant infiltrait ses paupières closes, elle se retourna. Non loin de là, un oiseau piailla dans un arbre, elle reconnut le cri de la mouette qui s'envolait. Elle s'étira et ses doigts cherchèrent à tâtons la jambe de Lucas. Sa main remonta le long de l'assise en bois sans rien trouver, elle ouvrit les yeux sur la solitude de son réveil.

Elle appela aussitôt, sans que personne lui réponde. Alors elle se leva et regarda autour d'elle. Les allées étaient désertes, la rosée intacte.

– Lucas ? Lucas ? Lucas ?

À chaque appel, sa voix se faisait plus inquiète, plus fragile, plus blessée. Elle tournait sur elle-même, criant le nom de Lucas, à s'en donner le vertige. Quelques bruissements de feuilles témoignaient de la seule présence du petit vent.

Elle avança fébrilement jusqu'au petit pont, les morsures du froid la faisaient grelotter. Elle marcha le long du mur de pierre blanche et trouva la lettre déposée dans un interstice.

Zofia,

Je te regarde dormir et Dieu que tu es belle. Tu te retournes dans cette dernière nuit où tu frissonnes, je te serre contre moi, je pose mon manteau sur toi, j'aurais voulu pouvoir en mettre un sur tous tes hivers. Tes traits sont tranquilles, je caresse ta joue, et, pour la première fois de mon existence, je suis triste et heureux à la fois.

C'est la fin de notre moment, le début d'un souvenir qui durera pour moi l'éternité. Il y avait en chacun de nous tant d'accompli et tant d'inachevé quand nous étions réunis.

Je partirai au lever du jour, je m'éloignerai pas à pas, pour profiter encore de chaque seconde de toi, jusqu'à l'ultime instant. Je disparaîtrai derrière cet arbre pour me rendre à la raison du pire. En les laissant m'abattre, nous sonnerons la victoire des tiens et ils te pardonneront, quelles que soient les offenses. Rentre, mon amour, retourne dans cette maison qui est la tienne et qui te va si bien. J'aurais voulu toucher les murs de ta demeure à l'odeur de sel, voir de tes fenêtres les matins qui se lèvent sur des horizons que je ne connais pas, mais dont je sais qu'ils sont les tiens. Tu as réussi l'impossible, tu as changé une part de moi. Je voudrais désormais que ton corps me recouvre et ne plus jamais voir la lumière du monde autrement que par le prisme de tes yeux.

Là où tu n'existes pas, je n'existe plus. Nos mains

ensemble en inventaient une à dix doigts ; la tienne en se posant sur moi devenait mienne, si justement que, lorsque tes yeux se fermaient, je m'endormais.

Ne sois pas triste, personne ne pourra voler nos souvenirs. Il me suffit désormais de fermer mes paupières pour te voir, cesser de respirer pour sentir ton odeur, me mettre face au vent pour deviner ton souffle. Alors écoute : où que je sois, je devinerai tes éclats de rire, je verrai les sourires dans tes yeux, j'entendrai les éclats de ta voix. Savoir simplement que tu es là quelque part sur cette terre sera, dans mon enfer, mon petit coin de paradis.

Tu es mon Bachert,
Je t'aime

Lucas.

Zofia se recroquevilla lentement sur le tapis de feuilles en serrant la lettre dans ses doigts. Elle releva la tête et regarda le ciel voilé de chagrin.

Au milieu du parc, le nom de Lucas résonna comme jamais la Terre ne l'avait entendu résonner ; les mains tendues au plus haut vers le ciel, Zofia déchirait le silence et son appel interrompait le cours du monde.

— Pourquoi m'as-tu abandonnée ? murmura-t-elle.
— N'exagérons rien tout de même ! répondit la voix de Michaël qui apparut sous l'arche du petit pont.
— Parrain ?
— Pourquoi pleures-tu, Zofia ?
— J'ai besoin de toi, dit-elle en courant vers lui.

– Je suis venu te chercher, Zofia, il faut que tu rentres avec moi maintenant, c'est fini.

Il lui tendit la main, mais elle recula.

– Je ne rentre pas. Mon paradis n'est plus chez nous.

Michaël avança vers elle et la prit sous son bras.

– Tu veux renoncer à tout ce que ton Père t'a donné ?

– À quoi servait de me donner un cœur si c'était pour le laisser vide, parrain ?

Il se mit face à elle et posa ses deux mains sur ses épaules ; il la regarda attentivement et sourit, plein de compassion.

– Qu'as-tu fait, Zofia ?

Elle plongea ses yeux dans les siens, ses lèvres serrées de tristesse, elle soutint son regard et lui dit :

– J'ai aimé.

Alors la voix de son parrain se fit feutrée, son regard devint évanescent et la lumière du jour traversa son visage au fur et à mesure qu'il disparaissait.

– Aide-moi, supplia-t-elle.

– C'est une alliance...

Mais elle n'entendit jamais la fin de sa phrase, il avait disparu, elle ne l'entendrait plus.

– ... sacrée, acheva-t-elle en s'éloignant seule dans l'allée.

*

Michaël sortit de l'ascenseur, passa devant l'hôtesse, qu'il salua d'un geste impatient, et avança d'un pas pressé dans le corridor. Il frappa à la porte du grand bureau et entra sans attendre.

— *Houston,* nous avons un problème !

La porte se referma derrière lui.

Quelques minutes plus tard, la voix tonitruante de *Monsieur* fit trembler les murs de la demeure. Michaël ressortit peu après, faisant signe à tous ceux qu'il croisait dans les couloirs que tout allait pour le mieux dans le meilleur des mondes et que chacun pouvait retourner à son poste de travail. Il se faufila derrière le comptoir de la réceptionniste et regarda nerveusement par la fenêtre.

Dans son immense bureau, *Monsieur* fixait de son œil rageur la cloison du fond, il ouvrit le tiroir à sa main droite, fit coulisser le compartiment secret et déverrouilla brutalement la sécurité du contacteur.

D'un coup de poing franc, il appuya sur le bouton-poussoir. La cloison coulissa lentement sur ses rails et s'ouvrit sur le bureau de *Président* ; les deux tables n'en formaient désormais plus qu'une seule démesurée où chacun se tenait à une extrémité, l'un face à l'autre.

— Je peux faire quelque chose pour toi ? demanda *Président* en posant son jeu de cartes.

— Je ne peux pas croire que tu aies osé !

— Osé quoi ? susurra Satan.

— Tricher !

— Parce que c'est moi qui ai triché le premier ? répliqua *Président* d'un ton arrogant.

— Comment as-tu pu attenter au destin de nos envoyés ? Tu n'as donc plus de limites ?

— Mais c'est quand même le monde à l'envers,

j'aurai vraiment tout entendu ! railla Satan. C'est toi qui as triché le premier, mon vieux !

— Moi j'ai triché ?

— Parfaitement !

— Et en quoi ai-je triché ?

— Ne prends pas cet air angélique avec moi !

— Mais qu'est-ce que j'ai fait ? demanda Dieu.

— Tu as recommencé ! dit Lucifer.

— Quoi ?

— DES HUMAINS !

Dieu toussa et caressa la pointe de son menton en dévisageant son adversaire.

— Tu vas arrêter immédiatement de les pourchasser !

— Et sinon quoi ?

— Sinon c'est moi qui vais te poursuivre !

— Ah oui ? Essaie, juste pour voir ! Je m'amuse déjà ! À ton avis, les avocats résident chez toi ou chez moi ? répondit *Président* en appuyant sur le bouton dans son tiroir.

La cloison se referma lentement. Dieu attendit qu'elle soit à mi-course, il inspira profondément et Satan entendit sa voix lui crier de l'autre bout de la pièce :

— NOUS ALLONS ÊTRE GRANDS-PÈRES !

La cloison s'immobilisa aussitôt. Dieu vit la tête effarée de Satan qui s'était penché pour le voir à nouveau.

— Qu'est-ce que tu viens de dire ?

— Tu m'as très bien entendu !

– Garçon ou fille ? demanda Satan d'une petite voix inquiète.

– Je n'ai pas encore décidé !

Satan se leva d'un bond.

– Attends, j'arrive ! Cette fois-ci il faut vraiment qu'on parle !

Président fit le tour du bureau, franchit la séparation et vint s'asseoir à côté de *Monsieur,* à l'autre extrémité de la table... s'ensuivit une longue conversation qui dura... dura... dura jusqu'au *soir...*

Puis il y eut un matin, et...

... Une Éternité

Une fine brise soufflait sur Central Park...

Un amas de feuilles se mit à virevolter, tourbillonnant autour d'un banc qui bordait l'allée piétonne. Dieu et Satan s'étaient assis sur le dossier. Ils les virent arriver de loin. Lucas tenait la main de Zofia dans la sienne. De sa main libre, chacun guidait la poussette à deux berceaux. Ils passèrent devant eux sans les voir.

Lucifer soupira d'émotion.

– Tu peux me dire ce que tu veux, mais la petite est la plus réussie des deux ! dit-il.

Dieu se retourna pour le toiser d'un œil goguenard.

– Je croyais qu'on avait dit qu'on ne parlerait pas des enfants ?

Ils se levèrent ensemble et remontèrent l'allée côte à côte.

– D'accord, dit Lucifer, dans un monde totalement parfait ou imparfait nous nous serions ennuyés, oublions ça ! Mais maintenant que nous sommes seul à seul, tu peux me le dire ! Tu as commencé à tricher le quatrième ou le cinquième jour ?

– Mais pourquoi veux-tu que j'aie triché ?...

Dieu posa sa main sur l'épaule de Lucifer et sourit :

– ... Et le hasard dans tout ça !

*

Il y eut un soir... et plein d'autres matins.

Remerciements

Nathalie André, M. R. Bass, Éric Brame, Frédérique, Kamel Berkane, Antoine Caro, Philippe Dajoux, Valérie Djian, Marie Drucker, M. P. Fehner, Guillaume Gallienne, M. C. Garot, Philippe Guez, Sophie Fontanelle, Katrin Hodapp, M. P. Leneveu, Raymond et Danièle Levy, Lorraine Levy, Daniel Manca, M. Natalini, Pauline Normand, l'instructeur IFR Patrick Partouche, J.M. Perbost, Mlle Regen Tell, Manon Sbaïz, Zofia et

le Syndicat des dockers CGT du port de Marseille,
Marie Le Fort,
Alix de Saint-André, pour son merveilleux livre *Archives des Anges*,
Nicole Lattès, Leonello Brandolini

et

Susanna Lea et Antoine Audouard.

Cet ouvrage a été réalisé par

FIRMIN DIDOT

GROUPE CPI

Mesnil-sur-l'Estrée

pour le compte des Éditions Laffont
en janvier 2003

Ce volume a été composé et mis en pages
par Étianne Composition
à Montrouge

Dépôt légal : février 2003
Nº d'édition : 43343/01 – Nº d'impression : 62735
Imprimé en France